AF198030

Tucholsky Wagner Zola Scott Sydow Freud Schlegel
Turgenev Wallace Fonatne

Twain Walther von der Vogelweide Fouqué Friedrich II. von Preußen
Weber Freiligrath
Fechner Weiße Rose von Fallersleben Kant Ernst Frey
Fichte Richthofen Frommel
Fehrs Engels Fielding Hölderlin
Faber Flaubert Eichendorff Tacitus Dumas
Feuerbach Maximilian I. von Habsburg Fock Eliasberg Zweig Ebner Eschenbach
Ewald Eliot Vergil
Goethe Elisabeth von Österreich London
Mendelssohn Balzac Shakespeare
Lichtenberg Rathenau Dostojewski Ganghofer
Trackl Stevenson Doyle Gjellerup
Mommsen Tolstoi Hambruch
Thoma Lenz Hanrieder Droste-Hülshoff
Dach Verne von Arnim Hägele Hauff Humboldt
Reuter Hauptmann
Karrillon Garschin Rousseau Hagen Gautier
Damaschke Defoe Hebbel Baudelaire
Descartes Hegel Kussmaul Herder
Wolfram von Eschenbach Dickens Schopenhauer
Bronner Darwin Melville Grimm Jerome Rilke George
Campe Horváth Aristoteles Bebel Proust
Bismarck Vigny Barlach Voltaire Federer Herodot
Gengenbach Heine
Storm Casanova Tersteegen Gilm Grillparzer Georgy
Chamberlain Lessing Langbein Gryphius
Brentano Lafontaine
Strachwitz Claudius Schiller Kralik Iffland Sokrates
Katharina II. von Rußland Bellamy Schilling
Gerstäcker Raabe Gibbon Tschechow
Löns Hesse Hoffmann Gogol Wilde Vulpius
Luther Heym Hofmannsthal Gleim
Roth Heyse Klopstock Klee Hölty Morgenstern Goedicke
Luxemburg Puschkin Homer Kleist
La Roche Horaz Mörike Musil
Machiavelli Kierkegaard Kraft Kraus
Navarra Aurel Musset
Nestroy Marie de France Lamprecht Kind Kirchhoff Hugo Moltke
Laotse Ipsen Liebknecht
Nietzsche Nansen Marx
von Ossietzky Lassalle Gorki Klett Leibniz Ringelnatz
May vom Stein Lawrence Irving
Petalozzi Platon Knigge
Sachs Pückler Michelangelo Kock Kafka
Poe Liebermann Korolenko
de Sade Praetorius Mistral Zetkin

Der Verlag tredition aus Hamburg veröffentlicht in der Reihe **TREDITION CLASSICS** Werke aus mehr als zwei Jahrtausenden. Diese waren zu einem Großteil vergriffen oder nur noch antiquarisch erhältlich.

Symbolfigur für **TREDITION CLASSICS** ist Johannes Gutenberg (1400 — 1468), der Erfinder des Buchdrucks mit Metalllettern und der Druckerpresse.

Mit der Buchreihe **TREDITION CLASSICS** verfolgt tredition das Ziel, tausende Klassiker der Weltliteratur verschiedener Sprachen wieder als gedruckte Bücher aufzulegen – und das weltweit!

Die Buchreihe dient zur Bewahrung der Literatur und Förderung der Kultur. Sie trägt so dazu bei, dass viele tausend Werke nicht in Vergessenheit geraten.

Der Strand von Falesa (U: Margarete Thesing)

Robert Louis Stevenson

Impressum

Autor: Robert Louis Stevenson
Übersetzung: Marguerite Thesing
Umschlagkonzept: toepferschumann, Berlin

Verlag: tradition GmbH, Hamburg
ISBN: 978-3-8472-3603-0
Printed in Germany

Text der Originalausgabe

Robert Louis Stevenson

Der Strand von Falesa

»Uma«, zuerst erschienen in *Island Nights' Entertainment*, 1895.

Erstes Kapitel

Eine Hochzeit in der Südsee

Ich sah jene Insel zum erstenmal, als es weder Nacht noch Morgen war. Der Mond war im Westen, am Untergehen, aber immer noch groß und hell. Im Osten, gerade mittschiffs des Morgenhimmels, der ganz rosa leuchtete, funkelte wie ein Diamant der Morgenstern. Der Landwind blies uns ins Gesicht mit einem starken Geruch von wilden Zitronen und Vanille und von noch anderen Dingen, aber diese traten am stärksten hervor, und seine Kühle brachte mich zum Niesen. Ich muß doch sagen, daß ich jahrelang auf einer flachen Insel in der Nähe des Äquators gelebt hatte, zumeist einsam unter Eingeborenen. Hier war also etwas Neues; selbst die Sprache würde mir fremd sein, und der Anblick dieser Wälder und Berge und ihr seltener Geruch verjüngten mein Blut.

Der Kapitän blies die Kompaßlampe aus.

»Da,« sagte er, »da ist ein Rauchwölkchen, Mr. Wiltshire, dort hinter der Brandung des Riffs. Das ist Falesa, wo Ihre Station ist, das letzte Dorf nach Osten zu; nach der Windseite hin ist es unbewohnt, – warum, weiß ich nicht. Nehmen Sie mein Glas, dann werden Sie die Häuser unterscheiden können.«

Ich nahm das Glas, und die Ufer sprangen mit einem Ruck näher; ich sah das Gewirr der Wälder und die Bresche, die die Brandung bildete, und die braunen Dächer und das schwarze Innere der Häuser guckten aus den Zweigen hervor.

»Sehen Sie das Stückchen Weiß dort nach Osten zu?« fuhr der Kapitän fort. »Das ist Ihr Haus. Aus Korallen gebaut; hoch gelegen; eine Veranda, auf der drei Mann nebeneinander spazierengehen können; beste Station im ganzen südlichen Pazifik. Als der alte Adams es sah, nahm er meine Hand und schüttelte sie. »Ich hab mich hier in ein weiches Nest gesetzt«, sagte er. »Das haben Sie wirklich,« sagte ich, »und es war auch Zeit!« Der arme alte Johnny! Hab ihn nur ein einziges Mal wiedergesehen, und da sang er ein anderes Lied, – könnte mit den Eingeborenen nicht fertig werden, oder mit den Weißen, oder mit sonst jemandem; und als wir das nächste Mal herumkamen, war er schon tot und begraben. Hab ihm so eine Art Kreuz gesetzt: ›John Adams, obit 1868. Gehet hin und tuet desgleichen!‹ Habe den Mann vermißt. Hatte niemals etwas an Johnny auszusetzen.«

»Woran ist er denn gestorben?« fragte ich.

»An irgend so 'ner Krankheit«, sagte der Kapitän. »Soll ihn ganz plötzlich gepackt haben. Soll in der Nacht aufgestanden sein und sich mit Betäubungskram und mit Kennedys Allerweltsheilmittel vollgesoffen haben. Alles umsonst; war über Kennedy hinaus. Dann versuchte er eine Kiste Gin aufzumachen. Wieder umsonst; war schon zu schwach. Dann muß er es aufgegeben haben, auf die Veranda hinausgelaufen und übers Geländer gefallen sein. Als sie ihn am Morgen fanden, war er komplett verrückt – schwatzte in einem fort, daß man ihm seine Kopra gewässert hätte. Armer John!«

»Glaubte man, die Insel sei dran schuld?« fragte ich.

»Tja, die Insel, oder das Leiden oder sonst etwas«, war seine Antwort. »Habe aber nie was anderes gehört, als daß es ein sehr gesunder Ort sein soll. Unser letzter Mann, Vigours, war immer munter wie 'n Fisch. Er ist gegangen wegen des Strandes – meinte, er fürchte sich vor dem Schwarzen Jack und vor Jimmy, dem Pfeifer, der damals noch am Leben war, wenn er auch kurz darauf in der Besoffenheit ertrank. Und was den alten Kapitän Randall betrifft, der ist seit gut und gerne 1840–45 hier. Hatte nie was an Billy auszusetzen, auch keine Veränderung. Sieht ganz so aus, als könnte er noch alt wie Methusalem werden. Nein, es wird hier schon ganz gesund sein.«

»Da kommt ein Boot heran«, sagte ich. »Schnurstracks durch die Engen; scheint ein sechzehn Fuß langer Walfischfänger zu sein. Zwei Weiße im Achtersitz.«

»Das ist das Boot, mit dem Jimmy der Pfeifer ertrunken ist«, rief der Kapitän. »Ja, das ist Case und der Schwarze, wahrhaftig. Einen Ruf haben Sie, – reif für den Galgen, aber Sie wissen ja, wie hier am Strande geklatscht wird. Meine Meinung ist, daß Jimmy der größte Sünder war, und der ist ja glücklich heimgegangen. Was wollen Sie wetten, daß sie nach Gin aus sind? Lege fünf zu zwei, daß sie sechs Kisten nehmen.« Als die beiden Händler an Bord kamen, gefiel mir ihr Aussehen sofort, das heißt, das Aussehen gefiel mir von beiden, aber die Rede nur bei dem einen. Ich war nach meinen vier Jahren am Äquator, die ich stets als eine Art Gefangenschaft gerechnet hatte, ganz krank nach weißen Nachbarn. Hatte es satt, mit Tabu belegt zu werden, ins Sprechhaus zu gehen, ihn von mir nehmen zu lassen, Gin zu kaufen und mir einen tollen Abend zu machen und ihn dann zu bereuen; satt, nachts allein im Hause zu hocken mit nur der Lampe als Gesellschaft, oder am Strande spazieren zu gehen und mich zu wundern, welche Art von Narr ich wäre, da zu sein, wo ich war. Es gab keine anderen Weißen auf meiner Insel, und wenn ich zu der nächstliegenden hinübersegelte, waren es zumeist auch nur üble Gesellen. Diese beiden Männer jetzt an Bord kommen zu sehen, war mir also eine Freude. Der eine war ja zwar ein Neger, aber beide waren fein angezogen in gestreiften Pyjamas und Strohhüten, und Case hätte sich in jeder Stadt sehen lassen können. Er war von gelber Hautfarbe und eher klein als groß, mit einer Habichtsnase, blassen Augen und einem mit der Schere gestutzten Bart. Kein Mensch wußte, woher er kam, außer daß er von Hause aus Englisch redete, und es war klar, daß er von guter Familie war und fabelhaft gebildet. Er hatte auch Talente, spielte erstklassig Ziehharmonika, und wenn man ihm einen Bindfaden oder einen Korken oder ein Spiel Karten gab, konnte er einem Tricks zeigen wie ein Mann vom Fach. Er konnte reden, wenn er wollte, so fein wie in einem Salon; und wenn er wollte, verstand er zu fluchen, schlimmer als ein Yankee Bootsmann, und zu renommieren, daß einem Kanaken übel werden konnte. Wie es sich im Augenblick am besten bezahlt machte, so redete Case, und es kam ihm stets ganz natürlich, wie wenn er dazu geboren wäre. Er hatte den Mut eines Löwen und die Schlauheit einer Ratte, und wenn er nicht heute in der Hölle sitzt, gibt es keinen solchen Ort. Eine einzige gute Seite kenne ich an dem Mann: er liebte seine Frau und behandelte sie anständig. Sie war eine Samoanerin und färbte ihre Haare rot, nach Samoanermode; und als er zu sterben kam (wie ich noch erzählen werde), entdeckten sie eine seltsame Sache – er hatte ein Testament gemacht wie 'n richtiger Christenmensch, und die Witwe kriegte den ganzen Krempel: alles, was ihm gehörte, sagen sie, und alles vom Schwarzen Jack und das meiste von Kapitän Randall noch dazu, denn Case war es, der die Bücher führte. So fuhr sie denn auf dem Schoner ›Manua‹ nach Hause und spielt bis auf den heutigen Tag in ihrer Heimat die große Dame.

Aber von alledem wußte ich an jenem Morgen nicht mehr als eine Fliege. Case behandelte mich wie 'nen Gentleman und 'nen Freund, hieß mich in Falesa willkommen und stellte mir seine Dienste zur Verfügung, was um so hilfreicher war, als ich kein Wort von der Sprache kannte. Den größeren Teil des Tages über begossen wir unsere Bekanntschaft in der Schiffskabine, und niemals habe ich jemanden mehr zur Sache reden hören. Es gab keinen smarteren Händler und auch keinen gerisseneren im ganzen Archipel. Mir kam Falesa ganz annehmbar vor; je mehr ich trank, um so leichter wurde mir's ums Herz. Unser letzter Händler war ohne jede vorherige Ankündigung, innerhalb einer halben Stunde von dort geflohen und hatte auf gut Glück in einem vom Westen kommenden Arbeiterschiff Passage genommen. Der Kapitän hatte bei seiner Ankunft die Station geschlossen gefunden, die Schlüssel bei dem Eingeborenenpastor und einen Brief von dem Flüchtling vorgefunden mit dem Geständnis, daß er vor Furcht den Verstand verloren hätte. Seitdem war die Firma hier nicht vertreten, und natürlich hatte es auch keine Ladungen zu versenden gegeben. Im übrigen war der Wind gut; der Kapitän hoffte bei günstiger Strömung noch bis zur Morgendämmerung die nächste Insel zu erreichen, und das Ausschiffen meiner Waren wurde nicht auf die lange Bank geschoben. Es hätte keinen Zweck, meinte Case, daß ich dazwischenpfusche; niemand würde meine Sachen anrühren, alle wären sie ehrlich in Falesa, höchstens daß mal ein Huhn oder ein loses Messer oder ein Quäntchen Tabak abhanden käme. Am gescheitesten bliebe ich ruhig sitzen bis zur Abfahrt des Schiffes, dann sollte ich nur mit ihm gehen, um den alten Kapitän Randall, den Vater des Strandes, zu besuchen, mitessen, was es gerade gäbe, und bei Dunkelheit nach Hause gehen und mich ausschlafen. So wurde es denn Mittag, und der Schoner hatte bereits Anker gelichtet, ehe ich in Falesa an Land ging.

Ich hatte an Bord ein Gläschen oder zwei genehmigt, hatte eben erst eine lange Fahrt hinter mir, und so schaukelte denn der Boden unter meinen Füßen wie ein Schiffsdeck. Die Welt war wie frisch gemalt; ich schritt wie zur Musik; Falesa hätte das Seemannsparadies sein können, wenn es so etwas gibt, und schade, wenn dem nicht so *ist!* Es war gut, unterm Fuß das Gras zu fühlen, aufzublicken nach den grünen Bergen, die Männer mit ihren grünen Kränzen zu sehen und die Weiber in ihren bunten Kleidern, rot und blau. Weiter ging's in der starken Sonne und im kühlen Schatten, und beides war schön; und sämtliche Kinder im Dorf trotteten hinter uns drein mit ihren rasierten Köpfen und braunen Leibern und ließen eine Art Hurra hinter uns ertönen, wie krähendes Geflügel.

»Übrigens müssen wir Ihnen eine Frau verschaffen«, sagte Case.

»Natürlich,« sagte ich,»das hatte ich ganz vergessen.« Um uns war ein Schwarm von Mädchen, und ich richtete mich auf und musterte sie wie ein Pascha. Sie waren alle im Putz, um das Schiff zu feiern, und die Weiber von Falesa sind eine bildhübsche Gesellschaft. Wenn sie einen Fehler haben, dann ist's, daß sie etwas zu breit in den Hüften sind, und das war gerade mein Gedanke, als mich Case berührte.

»Die ist hübsch«, sagte er.

Ich sah eine ganz allein auf der anderen Seite daherkommen. Sie war beim Fischen gewesen, trug nichts als ein Hemd, und das war ganz naß. Sie war jung und für ein Mädchen von den Inseln sehr schlank, mit länglichem Gesicht, hoher Stirn und einem scheuen, seltsamen, halb leeren Blick, halb wie von 'ner Katze, halb wie von 'nem Baby.

»Wer ist die da?« fragte ich.»Die wäre recht.«

»Das ist Uma«, sagte Case, und er rief sie heran und sprach mit ihr in ihrer Sprache. Ich verstand nicht, was er sagte, aber mitten drin sah sie zu mir auf, rasch und schüchtern, und dann wieder an sich herunter und lächelte schließlich. Sie hatte einen breiten Mund mit Lippen und Kinn wie bei 'ner Statue; das Lächeln war nur für einen Moment da und dann gleich wieder ausgelöscht. Dann hörte sie mit gesenktem Kopf Case bis zum Ende zu, antwortete mit ihrer hübschen polynesischen Stimme und schoß dann mit 'ner Verbeugung davon. Ich bekam nur ein wenig von der Verbeugung ab, aber keinen einzigen, flüchtigen Blick, und von Lächeln war gar keine Rede mehr.

»Glaube, die Sache ist in Ordnung,« sagte Case.»Glaube, Sie können sie haben. Mit der alten Dame erledige ich die Sache schon. Für 'ne Prim Tabak kriegen Sie jede,« fügte er mit üblem Lächeln hinzu.

Es war wohl das Lächeln, das an mir kleben blieb, denn ich antwortete ihm scharf. »Sie sieht aber nicht so aus,« rief ich.

»Will damit auch nichts gesagt haben,« sagte Case.

»Soviel ich weiß, ist sie richtig, wie die Post. Ist immer alleine, treibt sich nicht mit der Bande herum und so weiter. Nein, nein, Sie dürfen mich nicht mißverstehen – Uma ist allright.« Er sprach voll Eifer, wenigstens kam's mir so vor, und das gefiel mir. »Ich wär auch garnicht so sicher, daß Sie sie bekommen können,« fuhr er fort, »wenn Ihre Visage ihr nicht gefallen hätte. Sie haben jetzt nichts weiter zu tun, als sich hübsch still zu verhalten und mich aus meine Weise mit der Mama fertig werden zu lassen, und dann bring ich das Mädel zur Heirat hinaus zum Kapitän.«

Das Wort »Heirat« wollte mir nicht so recht gefallen, und ich sagte es ihm auch.

»O, die Heirat ist doch ganz harmlos,« sagte er, »der Schwarze Jimmy ist der Pfaffe.«

Inzwischen hatten wir das Haus dieser drei Weißen zu Gesicht bekommen; denn ein Neger wird als Weißer gerechnet und ein Chinese ebenfalls! Eine sonderbare Idee, die in den Inseln aber ganz gebräuchlich ist. Es war ein Holzhaus mit einem Stückchen wackliger Veranda. Der Laden lag nach vorne heraus, mit Ladentisch, Wage und der denkbar erbärmlichsten Warenauswahl: ein oder zwei Kisten Fleischkonserven, ein Faß harten Brotes, ein paar Ballen Baumwollzeug – mit meinem überhaupt nicht zu vergleichen; das einzige, was gut vertreten war, war die Konterbande: Waffen und Spirituosen. »Wenn das meine einzigen Konkurrenten sind,« dachte ich, »müßte ich in Falesa ganz gute Geschäfte machen.« In Wirklichkeit konnten sie mir überhaupt nur in einem Punkte nahe kommen, und das war bei den Gewehren und dem Alkohol.

Im Hinterzimmer kauerte der alte Kapitän Randall nach Eingeborenenart auf dem Fußboden, dick und bleich, nackt bis zu den Hüften, grau wie 'n Dachs und mit Augen stur vom Trunk. Sein Körper war mit grauen Haaren und mit den darüber hinkriechenden Fliegen ganz bedeckt. Die eine saß ihm am Auge – er beachtete sie gar nicht, und die Mücken umsummten den Mann wie Bienen. Jeder sauber denkende Kerl hätte das Geschöpf sofort herausgeschafft und begraben lassen; bei dem Gedanken, daß er siebzig Jahre alt war und mal ein Schiff kommandiert hatte und in seinen patenten Kleidern an Land gegangen und in Bars und Konsulaten herumstolziert war und auf Klubveranden gesessen hatte, wurde mir schlecht und nüchtern zugleich.

Er versuchte aufzustehen, als ich hereintrat, aber die Sache war hoffnungslos; so streckte er mir statt dessen die Hand hin und plärrte irgend eine Begrüßung.

»Papa ist ziemlich voll heut morgen«, bemerkte Case.»Wir haben 'ne Epidemie hier gehabt und Kapitän Randall trinkt Gin als Prophylaktikum, – nicht wahr, Papa?«

»Hab in meinem Leben nicht so 'n Zeug getrunken!« schrie der Kapitän empört.»Trinke nur aus Gesundheitsgründen Gin, Mr. –, wie Sie auch heißen mögen, – nur zur Vorsicht.«

»Schon gut, Papa«, sagte Case.»Aber du mußt dich 'n bißchen zusammennehmen. Es soll 'ne Hochzeit geben – hier Mr. Wiltshire soll dran glauben.«

Der Alte fragte, wen ich denn heiraten wollte.

»Uma,« sagte Case.

»Uma!« rief der Kapitän.»Weshalb will er denn die Uma? Ist er denn zur Erholung hierhergekommen? Was zum Teufel will er denn die Uma heiraten?«

»Halt's Maul, Papa«, sagte Cafe.»Du sollst sie doch nicht heiraten, und soviel ich weiß, bist du auch nicht ihr Patenonkel. Mr. Wiltshire wird wohl tun, wozu er Lust hat.«

Damit entschuldigte er sich bei mir, daß er noch wegen der Heirat zu tun hätte, und ließ mich mit dem armen alten Jammerlappen, der sein Partner und (um die Wahrheit zu sagen) auch sein Schindluder war, allein. Das Geschäft und die Station gehörten beide Randall; Case und der Neger waren seine Parasiten. Sie krochen auf ihm herum und sogen ihn aus wie die Fliegen, und er merkte nichts davon. Tatsachlich habe ich auch nichts an Billy Randall auszusetzen, außer daß ich mich vor ihm ekelte, und die Zeit, die ich jetzt in seiner Gesellschaft verbringen mußte, war wie 'n schlechter Traum. Der Raum war zum Ersticken heiß und voller Fliegen, denn das

Haus war schmutzig und niedrig und klein, und stand an schlechter Stelle, hinter dem Dorf, am Buschrand, abseits von Handel und Wandel. Die Betten der drei waren auf dem Fußboden aufgeschlagen, außerdem war da ein Haufen Teller und Töpfe. Richtige Möbel gab's überhaupt nicht, denn, wenn Randall tobte, schlug er alles kurz und klein. Da saß ich also und aß etwas, das Cases Frau uns vorsetzte; und da wurde ich den ganzen Tag lang von dieser Ruine von 'nem Menschen unterhalten, dessen Zunge über schlechten, alten Witzen und langen, uralten Geschichten dahinstolperte, und der immer sein eigenes windiges Lachen bei der Hand hatte, so daß er von meinem Katzenjammer überhaupt nichts merkte. Und die ganze Zeit über nippte er weiter. Manchmal schlief er auch ein und wachte dann winselnd und frierend wieder auf, und dann und wann fragte er mich, warum ich denn die Uma heiraten wollte. »Lieber Freund,« sagte ich derweilen in einem fort zu mir selber, »sieh zu, daß du nicht auch so'n alter Herr wirst wie dieser da.« Es kann vier Uhr nachmittags gewesen sein, als die Tür langsam aufging und ein seltsames altes Weib fast auf dem Bauch hineingekrochen kam. Sie war von Kopf bis zu Fuß in schwarzes Zeug gehüllt; ihr Haar war mit grauen Strähnen durchsetzt; ihr Gesicht tätowiert, was auf dieser Insel nicht Sitte war, ihre Augen groß, leuchtend und irr. Sie heftete sie auf mich mit einem verzückten Ausdruck, der, wie ich sah, zum Teil gemimt war. Richtige Worte sagte sie überhaupt nicht, sondern schmatzte und mummelte nur mit den Lippen, und summte laut vor sich hin, wie 'n Kind über seinem Weihnachtspudding. Sie kam schnurstracks durchs Haus auf mich zu, griff meine Hand und schnurrte und maunzte, über sie gebeugt, wie eine große Katze. Und dann ging sie zu einer Art Lied über.

»Was zum Teufel soll das heißen,« rief ich, denn die Geschichte hatte mich erschreckt.

»Das ist Fa'avao,« sagte Randall, und ich sah, daß er den Fußboden entlang bis in die äußerste Ecke gerutscht war.

»Sie fürchten sich doch nicht vor ihr?« rief ich.

»Ich? Mich fürchten?« rief der Kapitän. »Mein lieber Freund, ich pfeife auf sie! Ich erlaube ihr nicht, Fuß in dieses Haus zu setzen, nur heute ist es wohl was anderes, von wegen der Heirat. Sie ist nämlich Umas Mutter.«

»Na ja, schon gut; was stellt sie sich denn aber so an?«fragte ich, ärgerlicher und vielleicht auch erschrockener, als ich gerne zeigen wollte, und der Kapitän erklärte mir, daß sie zu meinem Lobe einen Haufen Gedichte komponiere, weil ich Uma heiraten wollte. »Schon gut, schon gut, alte Dame,« sagte ich mit etwas verunglücktem Lachen,»alles, was Sie wollen. Aber wenn Sie meine Hand nicht mehr brauchen, dann sind Sie wohl so gut und lassen es mich wissen.«

Sie tat, als hatte sie verstanden; der Gesang steigerte sich zu einem Schrei und war zu Ende; das Weib wand sich aus dem Haus heraus, wie es gekommen war, und muß geradewegs im Busch untergetaucht sein, denn als ich ihr zur Türe folgte, war sie schon verschwunden.»Verdrehte Manieren«, sagte ich.

»'s ist 'ne verdrehte Gesellschaft«, sagte der Kapitän und schlug zu meiner Überraschung über seiner nackten Brust das Kreuz.

»Hallo!« sagte ich,»sind Sie Papist?«

Er wies die Idee mit Verachtung zurück.»Baptist, bis zu den Knochen«, sagte er.»Aber, lieber Freund, die Papisten haben auch einige ganz gute Ideen, und das ist eine von ihnen. Hören Sie auf mich, und wenn Sie der Uma oder Fa'avao oder Vigours oder sonst einem von der Bande in den Weg laufen, so machen Sie 's den Priestern nach und tun Sie wie ich tu. Savvy?«, fragte er, das Zeichen wiederholend, und blinzelte mir mit seinen trüben Augen zu.»Nee, verehrter Herr!« brach er von neuem los,»hier gibt's keine Papisten!« und lange Zeit hindurch gab er mir noch seine religiöse Ansicht zum besten.

In die Uma muß ich mich gleich zu Anfang verguckt haben, sonst würde ich bestimmt aus dem Hause da ausgerissen sein, hinaus in die saubere Luft und das saubere Meer oder in irgend einen bequemen Fluß hinein – obwohl ich mich ja Case gegenüber verpflichtet hatte; außerdem hätte ich ja mein Lebtag auf der Insel nicht meinen Kopf hochhalten können, wenn ich in meiner Hochzeitsnacht von 'nem Mädel davongerannt wäre.

Die Sonne war im Untergehen, der Himmel stand ganz in Flammen und die Lampe brannte schon eine ganze Weile, als Case mit Uma und dem Neger zurückkehrte. Sie war angezogen und parfümiert; ihr Röckchen war aus feinem Tapa, das in den Falten üppiger glänzt als die beste Seide; ihr Busen, der die Farbe dunklen Honigs hatte, war bis auf ein halbes Dutzend Halsketten aus Samen und Blumen nackt, und hinter den Ohren und im Haar trug sie die scharlachroten Blüten des Hibiskus. Sie hatte die denkbar beste Haltung, die eine Braut haben kann, voller Ernst und Ruhe, und mir kam's wie eine Schande vor, mit ihr in jenem gemeinen Haus vor den grinsenden Neger hinzutreten Wie 'ne Schande, sage ich noch einmal, denn der Hanswurst hatte sich einen großen Papierkragen umgebunden, das Buch, aus dem er angeblich vorlas, war ein x-beliebiger Roman und die Worte seines Gottesdienstes so, daß man sie nicht wiedergeben kann. Mein Gewissen schmerzte, als wir uns die Hände gaben, und als sie ihren Trauschein bekam, war ich nahe dran, die ganze Sache über den Haufen zu werfen und zu beichten. Hier ist das Dokument. Case hatte es samt Unterschriften und so weiter auf einem Blatt aus dem Kontobuch aufgesetzt:

›Hiermit wird bescheinigt, daß Uma, Tochter Fa'avaos aus Falesa, dem Herrn John Wiltshire auf eine Woche ungesetzlich angetraut ist, nach welcher Zeit es Herrn John Wiltshire freisteht, sie nach Belleben zur Hölle zu schicken

John Dunkelmann,
Galeerenpriester.

Registerauszug
von William T. Randall,
Kapitän.‹

Reizend, ein derartiges Dokument einem Mädel in die Hand zu drücken und dann zuzusehen, wie sie es so sorgfältig, als wäre es aus Gold, zu sich steckt. Es gehört schon weniger dazu, um sich als gemeinen Kerl zu fühlen. Aber es war ja hierzulande Sitte und (wie ich mir selber sagte) nicht im geringsten die Schuld von uns Weißen, sondern vielmehr von den Missionaren. Hätten die die Eingeborenen nur in Ruhe gelassen, dann hätte ich den ganzen Betrug nicht nötig gehabt, sondern mir so viel Frauen nehmen können, wie ich nur Lust hatte, und sie sitzen lassen ohne die leisesten Gewissensbisse.

Je mehr ich mich schämte, um so eiliger hatte ich es, auf und davon zu sein, und da unsere Wünsche sich diesmal begegneten, fiel mir die Veränderung an den anderen auch gar nicht weiter auf. Case war Feuer und Flamme gewesen, mich da zu behalten, und jetzt, als hätte er seinen Zweck erreicht, hatte er es ebenso eilig, mich wieder loszuwerden. Uma, meinte er, könnte mir den Weg nach Hause zeigen, und die drei sagten uns, ohne uns hinaus zu begleiten, adieu.

Es war schon beinah dunkel geworden; das Dorf roch nach Bäumen und Blumen, nach dem Meer und nach gekochter Brotfrucht. Vom Riff her klang es prächtig nach Wellenbrandung und aus der Ferne, vom Walde und von den Häusern her, drangen viele hübsche Geräusche von Kindern und von Erwachsenen zu uns herüber. Es tat mir gut, frische Luft zu atmen; gut, mit dem Kapitän zu Ende zu sein und statt seiner das Geschöpf an meiner Seite zu sehen. Um alles in der Welt konnte ich nicht anders als glauben, daß sie ein Mädel von drüben, von der alten Heimat, wäre, so daß ich mich einen Augenblick lang ganz vergaß und nach ihrer Hand griff. Ihre Finger schmiegten sich an die meinen, ich horte, wie sie tief und hastig aufatmete und plötzlich riß sie meine Hand an ihr Gesicht und drückte sie an sich. »Du gut!« rief sie und lief mir voran und blieb dann wieder stehen und lächelte, um dann wieder voran zu laufen, und so führte sie mich durch die Ausläufer des Buschs hindurch auf einem unbegangenen Weg zu meinem Hause.

Um die Wahrheit zu sagen, Case hatte das Hofmachen für mich nach Noten besorgt – hatte ihr erzählt, ich sei drauf versessen, sie zu haben, und frage nichts nach den Konsequenzen, und das arme Ding, das ja wußte, was man mir noch vorenthalten hatte, glaubte ihm jedes Wort und hatte vor Eitelkeit und Dankbarkeit fast den Kopf verloren. Nun hatte ich aber von alledem keine Ahnung; ich war einer von denen, die gegen jeden Unsinn sind, wenn es sich um die Weiber des Landes handelt, denn ich hatte schon viel zu oft erlebt, wie den Weißen von der Verwandtschaft ihrer Weiber die Haare vom Kopf gefressen wurden und wie man sie obendrein noch zum Narren hielt. Ich sagte mir daher, daß ich jetzt gleich einschreiten müßte und sie wieder zur Vernunft bringen. Sie sah aber so hübsch und eigen aus, während sie so vor mir herlief und dann wieder auf mich wartete, das Ganze glich so sehr 'nem Kinde oder 'nem treuen Hund, daß ich nicht anders konnte, als ihr nachgehen, wohin sie mich führte, auf das Trippeln der nackten Füße zu lauschen und durch die Dämmerung nach dem glänzenden braunen Körper zu spähen. Und dann schoß mir noch ein anderer Gedanke durch den Kopf. Jetzt, wo wir allein waren, spielte sie ja das Kätzchen; aber im Hause, da hatte sie sich wie 'ne Gräfin benommen, so stolz und so bescheiden zugleich. Und wenn man noch dazu ihr Kleid bedachte – obwohl ja wenig genug davon da war und das auch nur nach Eingeborenenmode –, ihr feines Tapa und die duftenden Salben, ihre roten Blumen und die Samenkörner, die wie Edelsteine leuchteten, nur noch ein bißchen größer – dann kam's mir so vor, als war sie auch wirklich eine Gräfin, angeputzt um in 'nem Konzert irgend einen großen Sänger zu hören und viel zu gut für einen armen Händler wie mich.

Sie war als erste zu Hause angekommen, und noch während ich draußen stand, sah ich ein Zündholz aufleuchten und Lampenlicht durch's Fenster strahlen Die Station war wahrhaftig ein großartiges Haus, aus Korallen gebaut mit einer ganz breiten Veranda und einem hohen, breiten Hauptzimmer. Meine Kisten und Kasten hatte man schon dort aufgestapelt, und sie machten eine ziemliche Unordnung; und dort, mitten in dem Durcheinander, stand Uma wartend am Tische. Ihr Schatten kletterte im Hintergrunde die ganze Wand hinauf bis zur Wölbung des eisernen Daches; sie stand ganz in Helligkeit und hob sich von ihr ab, und das Lampenlicht glänzte auf ihrer Haut. Ich blieb in der Tür stehen, und sie sah mich an, ohne zu reden, mit Augen brennend und doch ängstlich. Dann berührte sie mit den Fingern ihren Busen.

»Ich – deine kleine Frau,« sagte sie. So hatte es mich noch nie mitgenommen; die Lust nach ihr packte und durchrüttelte mich wie der Wind von Luv her ein Segel. Um die Welt hätte ich nicht sprechen können; und selbst wenn ich es gekonnt hätte, hätte ich's nicht gewollt. Ich schämte mich, daß eine Schwarze mich so rühren konnte, schämte mich auch wegen der Heirat und drehte mich um und tat so, als ob ich unter meinen Kisten zu kramen hätte. Das erste, was mir unter die Hände kam, war eine Kiste Gin, die einzige, die ich mitgebracht hatte; und teils um des Mädels willen, und teils aus Grauen vor den Erinnerungen an den alten Randall, faßte ich einen plötzlichen Entschluß. Ich stemmte den Deckel hoch. Nacheinander zog ich die Flaschen mit meinem Taschenkorkenzieher auf und schickte Uma auf die Veranda, um das Zeug auszugießen. Sie kam, um die letzte zu holen, und sah mich fragend an. »Nicht gut«, sagte ich, denn jetzt war ich schon wieder halbwegs Herr meiner Zunge. »Mann, der trinkt, der nicht gut.« Sie stimmte mir hierin zu, blieb aber immer noch sinnend stehen. »Warum du dann ihn bringen?« fragte sie nach einem Weilchen. »Wenn du nicht willst trinken, du ihn nicht bringen, mein' ich.«

»Schon recht«, sagte ich. »Einmal ich will trinken zuviel; jetzt ich nicht will. Weißt du, ich nicht savvy, daß ich kriegen kleine Frau. Wenn ich trinken Gin, meine kleine Frau bange.«

Freundlich zu ihr zu sprechen, war mehr, als wozu ich im Augenblick eigentlich imstande war; und ich hatte geschworen, niemals einem der hiesigen Weiber gegenüber schwach zu sein. So blieb mir also nichts übrig als das Maul zu halten.

Sie sah noch eine Weile ernsthaft auf mich herab, wie ich so neben der geöffneten Kiste dasaß. »Ich meine, du guter Mann«, sagte sie. Und plötzlich ließ sie sich vor mir auf den Boden fallen. »Ich dein Schwein bin«, rief sie.

Zweites Kapitel

Der Bann

Am nächsten Morgen trat ich, kurz ehe die Sonne aufging, auf die Veranda. Mein Haus war das letzte nach Osten zu; im Hintergrunde ragte eine von Wäldern und Klippen bedeckte Landzunge, die mir den Sonnenaufgang verbarg, ins Meer hinaus. Nach Westen zu lief ein rascher, kalter Fluß, und dahinter dehnte sich als grüner Flecken das Dorf, durchsetzt mit Kokospalmen, Brotfruchtbäumen und Häusern. Die Läden waren teils vorgelassen, teils zurückgeschlagen; ich sah noch die ausgebreiteten Moskitonetze, hinter denen die Schatten der soeben erwachten Menschen hockten; und überall im Grünen spazierten andere Schatten, gehüllt in ihre vielfarbigen Schlafgewänder, schweigend wie die Beduinen in biblischen Abbildungen. Es war totenstill und feierlich und frostig, und das Licht der Dämmerung glänzte auf den Lagunen wie Feuer.

Aber was mich beunruhigte, war mehr in meiner Nähe. Einige Dutzend junger Leute und Kinder bildeten an ein der einen Seite meines Hauses eine Art Halbkreis; der Fluß lief zwischen ihnen hindurch. Einige waren am diesseitigen, andere am jenseitigen Ufer, und einer kauerte sogar auf einem Stein mitten im Wasser, und alle saßen schweigend da und starrten mich und mein Haus an, so aufmerksam und unentwegt wie eine Schar Pointer. Mir kam es, als ich heraustrat, seltsam vor. Nachdem ich gebadet hatte und zurückgekehrt war und sie alle immer noch versammelt fand – höchstens waren noch einige hinzugekommen –, wollte mir die Sache noch seltsamer erscheinen. Was gab es nur zu sehen, daß sie so mein Haus anstarrten? So wunderte ich mich, während ich das Haus betrat.

Der Gedanke an diese Gaffer wollte mich nicht loslassen, und nach einer Weile trat ich wieder vor's Haus. Die Sonne war jetzt aufgegangen, stand aber immer noch hinter der Landzunge und den Wäldern. Es war vielleicht eine viertel Stunde später. Die Menge hatte sich um vieles vermehrt, das jenseitige Ufer war auf eine ganze Strecke hinaus dicht voll Menschen – vielleicht dreißig Erwachsene und doppelt soviel Kinder hockten und standen da herum, und alle starrten mein Haus an. Ich habe schon mal erlebt, daß in einem Dorfe an der Südsee ein Haus so umringt war, aber damals verprügelte ein Händler drinnen seine Frau, und sie schrie aus Leibeskräften. Hier war nichts Außergewöhnliches: der Ofen brannte, der Rauch stieg auf, ganz nach Christenart, alles war in schönster Ordnung und wie es sich gehört. Zwar war ja ein Fremder hinzugezogen, aber sie hatten doch tags zuvor genug Gelegenheit gehabt, ihn sich anzusehen, und er hatte es sich auch ganz ruhig gefallen lassen. Was war jetzt nur mit ihnen los? Ich stützte mich mit den Armen aufs Geländer und starrte zurück. Ja, Kuchen! Sie dachten gar nicht dran, sich zu rühren! Hin und wieder konnte ich die Kinder unter sich schwatzen sehen, aber sie sprachen so leise, daß ihr Gesumm gar nicht zu mir herdrang. Die anderen waren stumm wie Götzenbilder und starrten mich an, schweigend und traurig, mit ihren glänzenden Augen; und mir kam der Gedanke, es würde auch nicht viel anders sein, wenn ich auf der Plattform des Galgens stünde und diese guten Leute gekommen wären, um mich hängen zu sehen.

Ich fühlte, daß ich es mit der Angst bekam, und fing an zu fürchten, daß ich es auch zeigen könnte und das ging ja beileibe nicht. So richtete ich mich denn auf und tat, als ob ich mich reckte, schritt die Verandatreppe hinunter und schlenderte in der Richtung des Flusses. Ein kurzes Summen erhob sich von einem Ende zum andern, wie man es im Theater hört, wenn der Vorhang aufgeht; und die in nächster Nähe standen, wichen einen Schritt zurück. Ich sah, wie ein Mädel nach einem Burschen griff und eine Geste nach aufwärts machte; gleichzeitig sagte sie etwas in ihrer Sprache, erschrocken und nach Atem ringend. Drei kleine Jungen kauerten dort, wo ich drei Fuß von ihnen entfernt vorbeikommen mußte. Wie sie so in ihre Decken gehüllt dasaßen, sahen sie mit ihren rasierten Köpfen und winzigen Haarschöpfen wie Figuren auf einem Kaminsims aus. Einen Augenblick blieben sie sitzen, feierlich ernst wie Richter. Als ich dann aber mit drohender Miene in einem Tempo von fünf Knoten die Stunde einherkam, wie ein Mann, dem es ernst ist, sah ich die drei gleichsam schlucken und zusammenzucken. Dann sprang der eine, der am weitesten weg war, auf und rannte nach seiner Mama. Die andern beiden wollten es ihm nachmachen, verloren aber das Gleichgewicht und purzelten brüllend zu Boden, wobei sie sich aus ihren Decken herauswickelten und mutternackt dalagen, und im nächsten Augenblick rannten sie alle drei, quiekend wie die Ferkel, ums liebe Leben. Die Eingeborenen, die nicht einmal bei einem Begräbnis einen guten Witz unbeachtet lassen, lachten, ein kurzes, bellendes Lachen, wie von 'nem Hund.

Man sagt, daß es einem Angst macht, allein zu sein. Nichts dergleichen! Was einem wirklich im Dunkeln oder im hohen Busch Schrecken einjagen kann, ist, daß man niemals mit Sicherheit weiß, ob man nicht ein ganzes Heer Menschen in nächster Nähe hat. Das Schlimmste aber ist, mitten in einer Schar Menschen zu stehen, ohne zu ahnen, was sie eigentlich vorhaben. Als jenes Lachen zu Ende war, hielt auch ich inne. Die Jungen waren noch immer in Reichweite und in vollem Laufen, als ich kehrtmachte und nach der andern Richtung zurückjagte. Wie ein Narr war ich in meinem Fünf-Knotentempo dahergestürzt; wie ein Narr rannte ich zurück. Es muß furchtbar komisch gewirkt haben, und was mich jetzt völlig über den Haufen warf, war die Tatsache, daß diesmal keiner lachte. Eine alte Frau nur ließ eine Art frommes Stöhnen hören, wie die Dissenter es in ihrem Gottesdienst während der Predigt tun.

»Habe noch nie solche Idioten gesehen wie deine Kanaken hier«, sagte ich zu Uma, während ich einen Blick zum Fenster hinaus auf die gaffende Menge warf. »Die gar nichts savvy«, sagte Uma mit gleichsam angewidertem Ausdruck, auf den sie sich großartig verstand.

Und das war alles, was wir über das Thema sprachen, denn ich war schwer beunruhigt, und Uma nahm die Sache als etwas so Selbstverständliches, daß ich mich geradezu schämte.

Den ganzen Tag über lungerten die Narren, mal mehr, mal weniger und einander ablösend, an der Westseite meines Hauses und jenseits des Flusses herum und warteten auf – ich weiß nicht, was; Feuer vom Himmel vielleicht, das mich mit Haut und Knochen verzehren sollte. Doch hatten sie, als der Abend kam, die Sache als echte Insulaner bereits satt gekriegt und sich verlaufen; statt dessen führten sie im Großen Hause im Dorf einen Tanz auf, und ich hörte ihr Singen und Händeklatschen bis vielleicht zehn Uhr nachts, und am nächsten Tage hatten sie meine Existenz scheinbar gänzlich vergessen. Wäre Feuer vom Himmel gefallen und hätte die Erde sich aufgetan, um mich zu verschlingen – kein Mensch wäre da gewesen, um das Schauspiel zu sehen und die Lehre daraus zu ziehen, oder wie man sich nun ausdrücken will. Doch ich sollte noch erfahren, daß sie nichts vergessen hatten, und paßte scharf auf alles auf, was mir Ungewöhnliches in den Weg lief.

Ich hatte in diesen Tagen nicht wenig zu tun mit dem Ordnen meiner Waren und der Inventuraufnahme von allem, was Vigours hinterlassen hatte. Letzteres war gerade kein erheiterndes Geschäft und hielt mich so ziemlich von allem andern Denken fern. Ben hatte bei seiner letzten Fahrt hierher bereits Inventar aufgenommen – ich wußte, daß ich ihm trauen konnte – und es wurde ziemlich klar, daß sich inzwischen jemand an der Hinterlassenschaft gütlich getan hatte. Ich konstatierte ein Defizit, das genügte, um auf ein halbes Jahr hinaus Gehalt und Profit zu schlucken, und ich hätte mich höchsteigenhändig durch das ganze Dorf hindurchprügeln können wegen meiner Dummheit, da zu sitzen und mit Case zu saufen, statt auf mein Geschäft zu achten und das Lager aufzunehmen.

Aber um das Vergangene zu weinen, hatte ja keinen Zweck. Es war nun einmal geschehen und konnte nicht mehr geändert werden. So blieb mir nichts anderes übrig, als die Überbleibsel in Besitz zu nehmen und das neue Zeug (das ich nach eigener Wahl zusammengestellt hatte) in Ordnung zu bringen, mich auf die Jagd nach den Ratten und Küchenschaben zu machen und den Laden ganz nach Sidneyer Fasson einzurichten. Und die Sache nahm sich gut aus. Als ich daher am Morgen des dritten Tages meine Pfeife angezündet hatte, mich vor die Tür stellte, um mir den Kram von draußen anzusehen, und mich dann wieder umdrehte und zu den Bergen aufblickte, die Kokospalmen im Winde wehen sah und die Tonnen Kopra abschätzte, und dann wieder nach dem grünen Dorf hinüberspähte und die Insel Dandies sah und mir ausrechnete, wieviel Meter Baumwollstoff sie für ihre Kleider und Röckchen brauchen würden, hatte ich so recht das Gefühl, daß ich hier schon am rechten Orte säße, um mein Glück zu machen und dann später nach Hause zu fahren und dort ein Wirtshaus zu übernehmen. Da saß ich nun auf meiner Veranda in einer so schönen Landschaft, wie sie überhaupt nicht zu finden ist, in der herrlichen Sonne mit einem guten, gefunden Geschäft unter den Händen, das einem das Blut so recht in Wallung bringen konnte, wie nach einem frischen Seebad, und das Ganze war mit einem Mal verschwunden. Ich hatte mich wieder nach England hinübergeträumt, das schließlich doch nur ein ekliges, kaltes, kotiges Loch ist mit so wenig Licht, daß man nicht einmal dort lesen kann; und in meinen Träumen erstand mein Wirtshaus, hart an einer großen Landstraße, breit wie eine Allee, gelegen, und mit einem Wirtshausschild an einem grünen Baum vor der Tür.

So verging der Morgen. Aber der Tag verstrich, ohne daß sich auch nur eine Seele bei mir sehen ließ, und nach dem, was ich von anderen Inselstämmen wußte, kam mir das sehr sonderbar vor. Die Leute lachten ein wenig über unsere Firma und über die feinen Stationen, die sie errichtet hatte, über Falesá im besonderen. Sämtliche Kopra in der Gegend (so sagten sie) würde auf fünfzig Jahre hinaus die Unkosten nicht wieder einbringen, aber das war wohl übertrieben. Als sich jedoch im Laufe des Tages überhaupt kein Betrieb zeigte, wurde ich allmählich niedergeschlagen; und ungefähr um drei Uhr nachmittags machte ich einen kleinen Spaziergang, um mich aufzuheitern. Auf der Wiese begegnete mir ein Weißer mit einer Sutane, woraus ich schloß, daß er ein Priester war; außerdem erriet ich es aus seinem Gesicht. Er war dem Anschein nach eine gutmütige alte Seele, schon ein wenig grau geworden und so schmutzig, daß man mit ihm auf einem Stück Papier hätte schreiben können.

»Guten Tag, Herr«, sagte ich.

Voll Eifer antwortete er mir in der Eingeborenensprache.

»Sprechen Sie nicht Englisch?« fragte ich.

»Französisch«, sagte er.

»Nun,« sagte ich, »das tut mir leid, damit kann ich nichts anfangen.«

Er versuchte es eine Weile mit mir auf Französisch und dann wieder im dortigen Dialekt, was er anscheinend noch für die beste Möglichkeit, sich zu verständigen, hielt. Ich kapierte, daß er nicht nur Höflichkeiten mit mir auszutauschen suchte, sondern mir wirklich etwas mitzuteilen hatte, und paßte also scharf auf. Ich fing die Namen Adams und Case und Randall auf – vor allem Randall – und das Wort ›Gift‹ oder dergleichen, sowie einen Ausdruck in der Eingeborenensprache, den er sehr oft wiederholte, und ich ging nach Hause, das Wort immer wieder für mich hersagend.

»Was bedeutet ›fussy-ocky‹?«, fragte ich Uma – so ungefähr hatte die Sache mir geklungen.

»Totmachen«, erwiderte sie.

»Den Teufel auch!« sagte ich. »Hast du jemals gehört, daß Case Johnny Adams vergiftet haben soll?«

»Jedermann das savvy,« meinte Uma verächtlich. »Er ihm weißen Sand – schlechten Sand – geben. Er Flasche noch haben. Er dir Gin gibt, dann du ihn nicht nehmen.«

Nun hatte ich aber dergleichen Geschichten auf anderen Inseln schon genug gehört, und immer hatte das weiße Pulver herhalten müssen, daher hielt ich nicht viel von der ganzen Sache. Trotzalledem ging ich hinüber zu Randall, um zu hören, was es zu erfahren gab, und fand Case auf der Türschwelle mit der Reinigung eines Gewehres beschäftigt.

»Gute Jagd hier?«, fragte ich.

»Prima,« sagte er. »Im Busch, wimmelt es von allen möglichen Vögeln. Ich wollte, Kopra wäre ebenso reichlich vorhanden,« sagte er, wie mir schien, schlau, »aber es scheint nichts damit los zu sein.«

Im Laden konnte ich den Schwarzen sehen, der eben einen Kunden bediente.

»Das da sieht aber nach Geschäften aus,« sagte ich.

»Das ist der erste Verkauf in diesen letzten drei Wochen,« war seine Antwort.

»Was Sie sagen,« entgegnete ich. »In drei Wochen? Wirklich?«

»Wenn Sie mir nicht glauben,« rief er, ein wenig hitzig. »So können Sie ja gehen und sich das Koprahaus ansehen. Zur Hälfte leer, bis auf den heutigen Tag.« »Damit wäre mir ja auch nicht sehr geholfen,« meinte ich. »Was weiß ich, ob es gestern nicht sogar ganz leer war.«

»Stimmt«, sagte er mit kurzem Lachen.

»Übrigens,« sagte ich, »was ist der Pfaffe eigentlich für ein Mensch? Scheint ein ganz netter Kerl zu sein.« Bei diesen Worten lachte Case laut los. »Aha?« sagte er, »jetzt sehe ich, was Ihnen fehlt. Galuchet hat Sie unter den Fingern gehabt.« Vater Galoschen war der Name, den man ihm am häufigsten gab, aber Case sprach ihn stets Französisch aus, was ein Grund mehr war, weshalb wir Case für vornehmer als die meisten hielten. »Ja,« sagte ich, »ich habe ihn gesprochen. Soviel ich verstehen konnte, hält er nicht viel von Ihrem Kapitän Randall.«

»Das tut er in der Tat nicht,« sagte Case, »und zwar wegen der scheußlichen Sache mit dein armen Adams. Den letzten Tag, als er im Sterben lag, sprach der junge Buncombe vor. Kennen Sie Buncombe?«

»Nein«, sagte ich.

»Das ist schon 'ne Nummer, der Buncombe!« lachte Case. »Nun, Buncombe setzte es sich in den Kopf, wir müßten, da es mit Ausnahme der Kanakenpfaffen keinen Geistlichen in der Nähe gab, Vater Galuchet rufen, um dem Alten die Sterbesakramente zu reichen. Mir konnte es ja egal sein, wie Sie sich denken können, aber ich sagte, meiner Meinung nach müßten wir Adams erst befragen. Der plapperte die ganze Zeit über von seiner gewässerten Kopra und allen möglichen Dummheiten. »Hören Sie,« sagte ich zu ihm, »Sie sind ziemlich krank. Möchten Sie Galoschen sprechen?« Da richtete er sich kerzengerade auf seinem Ellbogen auf. »Holen Sie den Priester,« sagte er, »holen Sie ihn; lassen Sie mich nicht wie'n Hund hier verrecken!« Er redete ja ein wenig wild und im Eifer, aber doch ganz vernünftig. Es war nichts dagegen zu sagen, so schickten wir denn nach Galuchet und fragten ihn, ob er kommen wollte. Ob er wollte! Bei dem Gedanken sprang er in seinem schmutzigen Hemde vor Freuden auf. Aber wir hatten nicht mit Papa gerechnet. Der ist ein eingefleischter Baptist, Papa; »Papisten ist der Zutritt verboten.« Und so verschloß er denn die Tür. Buncombe erklärte ihm, er sei bigott, und da dachte ich, er bekäme die Krämpfe. »Bigott,« sagte er, »ich bigott? Muß ich mir das von einem Grasaffen, wie Sie es sind, sagen lassen?« Und er schoß geradewegs auf Buncombe los, so daß ich sie auseinander halten mußte. Und mitten zwischen beiden lag Adams, der wieder verrückt geworden war und wie'n richtiger, waschechter Idiot von seiner Kopra schwätzte. Es war wie auf dem Theater, und ich fiel vor Lachen fast aus der Rolle, als sich Adams plötzlich aufrichtete, die Hände gegen die Brust drückte und das große Grausen bekam. Er ist schwer gestorben, der John Adams«, sagte Case mit plötzlicher Strenge.

»Und was wurde aus dem Priester?« fragte ich.

»Aus dem Priester?« wiederholte Case. »Oh, der trommelte die ganze Zeit über draußen gegen die Tür und schrie nach den Eingeborenen, daß sie kommen und sie einschlagen möchten, und brüllte, daß er eine Seele retten wollte und so weiter. Er war in 'nem schönen Zustand, der Priester. Aber was sollte man machen? Johnny war uns inzwischen entwischt; kein Johnny mehr auf dem Markt und das Sakramentsschauspiel rein zu Ende gespielt. Das nächste, was wir hörten, war, daß der Priester an Johnnys Grab betete. Papa war damals grade ziemlich voll, nahm sich einen Knüppel und machte sich schnurstracks auf nach dem Grabe, und da lag Galoschen auf den Knien, mit einer ganzen Schar Eingeborener als Zuschauer. Hätte nicht gedacht, daß Papa sich überhaupt etwas so zu Herzen nehmen würde, seinen Schnaps natürlich ausgenommen; aber er und der Priester blieben zwei Stunden lang bei der Sache und beschimpften einander in der hiesigen Sprache, und jedesmal, wenn Galoschen niederzuknien versuchte, schoß Papa mit seinem Knüttel auf ihn los. Eine solche Hetz hat's niemals zuvor in Falesa gegeben. Das Ende vom Liede war, daß Kapitän Randall durch einen Schlag oder Anfall oder dergleichen die Besinnung verlor, und daß der Priester doch noch seine Ware anbringen konnte. Aber er war der wütendste Priester, den Sie je gesehen haben, und beschwerte sich bei den Häuptlingen über den Frevel, wie er es nannte. Es hat ihm natürlich nicht viel genützt, denn unsere Häuptlinge hier sind alle Protestanten, und außerdem hatte er sich wegen noch anderer Dinge unbeliebt gemacht, so daß sie ganz froh waren, ihm eins auswischen zu können. Jetzt schwört er, der alte Randall hätte Adams Gift gegeben oder dergleichen, und wenn die beiden einander begegnen, grinsen sie sich wie die Affen an.«

Diese Geschichte erzählte er so natürlich wie nur möglich und wie einer, der den Spaß dabei genießt, obgleich sie mir jetzt, nach so langer Zeit, ziemlich widerlich vorkommt. Aber Case wollte niemals für sonderlich weichherzig gelten, sondern als ein echter, rechter Mann, und war mir, um die Wahrheit zu sagen, ein völliges Rätsel.

Ich ging nach Hause und fragte Uma, ob sie eine ›Papi‹ sei, was, wie ich inzwischen erfahren hatte, Insulanisch für katholisch war. »E le ai!« sagte sie. Sie bediente sich stets ihrer Sprache, wenn sie besonders deutlich ›nein‹ sagen wollte, und es klingt ja auch in der Tat kräftiger. »Papi nicht gut,« sagte sie.

Dann fragte ich sie nach Adams und dem Priester, und sie erzählte mir ungefähr das gleiche auf ihre Weise, so daß ich auch nicht viel klüger wurde. Aber im großen und ganzen glaubte ich doch, der Streit um das Sakrament sei die Hauptsache an der ganzen Angelegenheit und der Giftmord nur Klatscherei.

Der nächste Tag war Sonntag, an dem es keine Geschäfte zu erledigen gab. Uma fragte mich, ob ich ›beten‹ würde; ich sagte ihr, sie könne Gift drauf nehmen ›nein‹, und sie blieb ohne weitere Worte auch zu Hause. Das kam mir für eine Insulanerin sonderbar vor, obendrein für eine, die neue Kleider spazieren zu führen hatte, aber da es mir glänzend paßte, machte ich kein Wesen davon. Das Seltsamste an der Sache war, daß ich zum Schluß beinah doch zur Kirche gegangen wäre, etwas, was ich so leicht nicht vergessen werde. Ich war ausgegangen, um einen kleinen Spaziergang zu machen, und hörte plötzlich ein Kirchenlied anstimmen. Man weiß ja, wie das ist. Wenn man Leute singen hört, fühlt man sich unwillkürlich angezogen, und bald fand ich mich denn auch neben der Kirche stehen. Es war ein kleines, niedriges Gebäude, an beiden Enden abgerundet, wie ein Walfischfängerboot, oben mit einem großen Insulanerdach und mit Fenstern ohne Rahmen und Türöffnungen ohne Türen. Ich steckte den Kopf zu einem der Fenster hinein, und was ich sah, war mir ein so neuer Anblick – die Sitten auf den Inseln, die ich kannte, waren ganz andere –, daß ich blieb, um zuzuschauen. Die Gemeinde saß auf Matten am Fußboden, die Weiber auf der einen, die Männer auf der anderen Seite, alle aufgedonnert bis da hinaus, die Frauen in Kleidern und importierten Hüten, die Männer in weißen Jacken und Hemden. Der Gesang war zu Ende; der Pastor, ein großer, strammer Kanake, stand auf der Kanzel und predigte drauf los, und aus der Art, wie er mit den Händen fuchtelte, die Stimme erhob, seine Pointen hinausschmetterte und auf die Leute einredete, schloß ich, daß er sich auf sein Handwerk verstand. Plötzlich sah er auf und begegnete meinem Blick, und, mein Wort drauf, er wankte auf der Kanzel. Die Augen quollen ihm aus dem Kopf hervor, die Hand hob sich und streckte sich mir, wie gegen seinen Willen, entgegen, und die Predigt nahm ein abruptes Ende.

Es ist ja nicht schön, es von sich berichten zu müssen, aber – ich rannte davon, und wenn ich morgen den gleichen Choque noch mal erhielte, ich würde wieder davonrennen. Als ich jenen plappernden Kanaken bei meinem Anblick gleichsam wie unter einem Fausthieb zusammensinken sah, hatte ich das Gefühl, als wäre der Boden unter meinen Füßen verschwunden. Ich lief schnurstracks nach Hause und blieb auch dort und erzählte kein Wort von dem, was vorgefallen war. Man hätte meinen können, daß ich mich Uma anvertrauen würde, aber das war ja gegen mein Prinzip. Ebenso hätte es nahe gelegen, Case um Rat zu fragen; aber, um die Wahrheit zu sagen, ich schämte mich, von solchen Dingen zu reden; ich glaubte, jeder Mann würde mir geradeaus ins Gesicht lachen. So hielt ich denn den Mund, dachte dafür aber um so mehr nach, und je mehr ich dachte, um so weniger wollte mir das Ganze gefallen.

Bis Montag abend war mir klar geworden, daß ich unter Tabu stehen mußte. Daß seit zwei Tagen ein neuer Laden im Dorf aufgemacht war, ohne daß Mann oder Weib sich meldeten, um die Waren zu inspizieren, war mehr als man gutwillig glauben konnte.

»Uma,« sagte ich,»ich glaube, ich stehe unter Tabu.«

»Ich glaube, ja«, sagte sie.

Ich sann eine Weile darüber nach, ob ich sie noch mehr fragen sollte, aber es ist nicht gut. Einheimische eingebildet zu machen dadurch, daß man sie um Rat fragt, und so ging ich denn zu Case. Es war schon dunkel, und er saß, wie gewöhnlich, allein aus der Treppe und rauchte.

»Case,« sagte ich,»eine seltsame Sache ist passiert. Ich bin unter Tabu.«

»Quatsch,« sagte er,» das ist hierzulande gar nicht Sitte.«

»Sitte oder nicht Sitte,« sagte ich, »es war Sitte da, wo ich herkomme. Sie können sich drauf verlassen, daß ich weiß, was es heißt, und ich sage Ihnen, daß es stimmt: ich stehe unter Tabu.«

»Nun,« sagte er, »was haben Sie denn angestellt?«

»Das möchte ich eben wissen«, sagte ich.

»Aber Sie irren sich«, sagte er; »das ist ja ganz ausgeschlossen. Ich sage Ihnen, was ich tun werde. Nur um Sie zu beruhigen, werde herumgehen und sehen, was los ist. Also, spazieren Sie mal herein und unterhalten Sie sich derweilen mit Papa.«

»Danke,« sagte ich, »ich bleibe lieber hier draußen in der Veranda. Ihr Haus ist mir zu muffig.«

»Dann werde ich Papa hier herausholen«, sagte er.

»Lieber Freund,« sagte ich, »ich wollte, das ließen Sie bleiben. Tatsache ist, Mr. Randall ist mir nicht sonderlich sympathisch.«

Case lachte, nahm eine Laterne aus dem Laden und machte sich aus den Weg ins Dorf. Er war vielleicht eine Viertelstunde fort, und er sah sehr ernst aus, als er zurückkehrte.

»Nun,« sagte er und stellte die Laterne hart auf die Verandastufen, »ich hätte es nie geglaubt. Weiß Gott, wo diese unverschämten Kanaken nächstens noch hinauswollen. Sie scheinen ja jeden Respekt vor uns Weißen verloren zu haben. Was uns fehlt, ist ein ordentliches Kriegsschiff – ein deutsches, wenn möglich,– die wissen mit den Kanaken umzugehen.«

»Ich bin also wirklich unter Tabu?« rief ich.

»So ähnlich, ja«, meinte er. »Es ist in feiner Art das Schlimmste, was mir bisher vorgekommen ist. Aber ich stehe Ihnen bei, Wiltshire, Mann zu Mann. Kommen Sie morgen so um neun wieder hierher, und wir werden's mit den Häuptlingen ausfechten. Sie haben Angst vor mir, wenigstens hatten sie's einmal; aber jetzt sind sie so aufgeblasen, daß ich selber nicht weiß, was ich davon denken soll. Verstehen Sie mich recht, Wiltshire; ich betrachte diese Sache gleichzeitig als meine Angelegenheit«, fuhr er mit großer Entschlossenheit fort. »Ich betrachte sie völlig als unser aller Angelegenheit, als eine Sache, die alle Weißen angeht, und ich halte durch dick und dünn zu Ihnen. Hier haben Sie meine Hand darauf.«

»Haben Sie denn den Grund herausbekommen?« fragte ich.

»Noch nicht«, sagte Case. »Aber wir werden sie morgen schon kriegen.«

Alles in allem war ich mit seiner Haltung nicht wenig zufrieden, und das steigerte sieh noch am nächsten Tage, als wir zusammen den Häuptlingen entgegentraten und ich ihn so streng und entschlossen sah. Die Häuptlinge erwarteten uns in einem ihrer großen ovalen Häuser, das uns schon von weitem durch die Menschenmenge, die sich um sein niedriges Dach scharte – mindestens hundert stark, Männer, Frauen und Kinder – kenntlich gemacht wurde. Viele von den Männern waren auf dem Wege zu ihrer Arbeit und trugen grüne Kränze, und ich mußte dabei an den ersten Mai in der Heimat denken. Die Menge teilte sich und umschwirrte uns beide mit plötzlichem, zornigem Eifer. Der Häuptlinge waren fünf; vier überaus stattliche Männer und ein alter, runzliger. Sie saßen auf Matten, angetan mit ihren weißen Röckchen und Jacken; alle hielten Fächer in den Händen, wie die großen Damen, und zwei der jüngeren trugen katholische Medaillen, was mir Einiges zu denken gab. Unsere Plätze waren für uns bezeichnet und die Matten diesen Großen gegenüber an der Eingangswand des Hauses ausgebreitet; der Raum in der Mitte blieb leer. Grade hinter unseren Rücken murmelte und drängte sich das Volk und reckte sich die Hälse aus, und ihre Schatten tummelten sich auf den sauberen Kieselsteinen des Fußbodens zu unseren Füßen. Ich war ein ganz klein wenig aus der Fassung gebracht durch diese Aufregung unter den Massen, aber das ruhige, höfliche Benehmen der Häuptlinge beruhigte mich wieder, um so mehr, als ihr Sprecher zu reden anhub und mit gedämpfter Stimme eine lange Ansprache hielt, wobei er manchmal auf Case, manchmal auf mich wies und manchmal auch mit den Knöcheln der Hand auf die Matte klopfte. Das Eine war klar: nichts deutete darauf, daß die Häuptlinge zornig waren.

»Was hat er nun gesagt?« fragte ich Case, als des anderen Rede zu Ende war.

»Ach nur, daß sie sich freuen, daß Sie gekommen sind, und daß sie durch mich verständigt wären, daß Sie eine Art Beschwerde vorzubringen hätten, und Sie sollten nur loslegen, und Sie würden schon das Rechte tun.«

»Er hat aber verdammt lange dazu gebraucht, um das zu sagen«, meinte ich.

»Ach, das andre war natürlich nur Schmus und Bonjour und so weiter«, sagte Cafe. »Sie kennen ja die Kanaken.«

»Nun, sie werden aus mir nicht viel Bonjour herausholen«, sagte ich. »Sagen Sie ihnen, wer ich bin. Ich bin ein Weißer und ein britischer Untertan und weiß der Deubel was für ein großer Häuptling in meiner Heimat, und ich bin hierher gekommen, um ihnen Gutes zu tun und ihnen die Zivilisation zu bringen; und kaum habe ich meine Waren aufgestellt, so belegen sie mich schon mit Tabu, so daß keiner mehr wagt, mir in die Nähe zu kommen! Sagen Sie ihnen, daß ich nicht die Absicht habe, irgend etwas gegen ihre Gesetze zu tun, und daß, wenn sie ein Geschenk wollen, ich mit mir reden lasse. Ich nehme es keinem Menschen übel, wenn er auf seinen Vorteil sieht, sagen Sie ihnen das; aber wenn sie nun glauben, daß sie welche von ihren Eingeborenenideen bei mir anbringen können, dann haben sie sich geschnitten. Und sagen sie ihnen auch ganz offen, daß ich als weißer Mann und britischer Untertan auch den Grund zu dieser Behandlung zu wissen wünsche.«

Das war meine Rede. Ich weiß mit Kanaken umzugehen: man braucht nur vernünftig mit ihnen zu reden und sie anständig zu behandeln und – die Gerechtigkeit muß ich ihnen widerfahren lassen – sie werden jedes Mal ganz klein. Sie haben gar keine richtige Regierung und keine richtigen Gesetze, die muß man ihnen erst in ihre Schädel hineintrommeln; und selbst wenn sie welche hätten, es wäre ja 'n Witz, wenn die für einen Weißen gelten sollten. Eine merkwürdige Sache wär's, wenn wir von so weit her kämen und hier nicht einmal machen dürften, was wir wollten. Schon der Gedanke daran genügt, um mich aufzubringen, und ich ging daher gleich ziemlich scharf ins Zeug. Dann übersetzte Case meine Rede – oder vielmehr ich glaube, er tat nur so – und der oberste Häuptling antwortete darauf, und dann der zweite und dann der dritte, alle im selben Stil, leicht und mit Anstand, aber im Unterton doch feierlich. Einmal richteten sie an Case eine Frage, die er beantwortete, und alle Mann hoch (Anführer wie Gemeine) lachten laut auf und sahen mich an. Schließlich begannen der alte runzlige Kerl und der große, junge Häuptling, der als Erster geredet hatte, Case einer Art Verhör zu unterwerfen. Manchmal konnte ich erkennen, daß Case auszuweichen versuchte, aber sie hängten sich an ihn wie die Bluthunde, und der Schweiß rann ihm übers Gesicht, was für mich kein erfreulicher Anblick war, und bei einigen seiner Antworten ächzte und murmelte das Volk, und das war erst recht nicht angenehm zu hören. Es war jammerschade, daß ich die Sprache nicht verstand, denn heute glaube ich, sie fragten Case nach meiner Heirat aus, und er muß es schwer gesunden haben, sich herauszuwinden. Aber man konnte Case ganz ruhig sich selber überlassen; er hatte genug Grütze im Kopf, um ein ganzes Parlament zu führen.

»Nun, worum handelt die ganze Sache?« fragte ich, als eine Pause eintrat.

»Kommen Sie,« sagte er, sich das Gesicht abtrocknend, »ich werde Ihnen draußen berichten.«

»Wollen Sie damit sagen, daß sie den Tabu nicht von mir nehmen?« rief ich.

»Die Sache ist komisch,« sagte er. »Ich werde Ihnen draußen erzählen. Kommen Sie lieber ins Freie.«

»Das laß ich mir nicht gefallen,« schrie ich. »So einer bin ich nicht. Sie werden sehen, ich reiß nicht aus vor so 'nem Kanaken.«

»Sie tun gut daran,« sagte Case.

Er sah mich gleichsam vielsagend an; und die fünf Häuptlinge sahen mich auch an, höflich, aber doch ziemlich deutlich, und das Volk sah mich an, und reckte die Hälse und stieß und drängte sich. Ich mußte an die Leute denken, die mein Haus beobachtet hatten, und wie der Pastor auf seiner Kanzel schon bei meinem Anblick zusammengefahren war, und die ganze Sache schien so ganz außergewöhnlich, daß ich mich erhob und Case folgte. Die Menge teilte sich wieder, um uns durchzulassen, aber diesmal weiter als zuvor. Die Kinder, die im Hintergrunde standen, rannten sogar schreiend davon, und als wir beiden Weißen uns entfernten, standen alle und sahen uns nach. »So,« sagte ich, »worum dreht sich nun die ganze Sache?«

»Um die Wahrheit zu sagen, ich weiß es selber nicht ganz genau. Sie haben etwas gegen Sie,« erwiderte Case.

»Einen Menschen mit Tabu zu belegen, bloß weil man etwas gegen ihn hat!« rief ich. »Hat man je so etwas schon gehört!«

»Es ist schlimmer als das, sehen Sie,« sagte Case. »Sie sind ja gar nicht unter Tabu – ich sagte Ihnen doch, daß das nicht der Fall wäre. Die Leute wollen nur nicht in Ihre Nähe kommen, Wiltshire, so liegen die Dinge.«

»Sie wollen nicht in meine Nähe kommen? Was soll das heißen? Warum wollen sie es nicht?«

Case zögerte. »Sie haben, wie es scheint, Angst,« sagte er mit leiser Stimme.

Ich blieb wie angewurzelt stehen. »Angst!« wiederholte ich. »Sind Sie verrückt geworden, Case? Wovor haben sie denn Angst?«

»Wenn ich das nur wüßte,« erwiderte Case kopfschüttelnd. »Anscheinend wieder einmal etwas von ihrem verfluchten Aberglauben. Das ist, was mir nicht gefällt,« sagte er. »Es ist genau wie in der Sache mit Vigours.«

»Ich möchte gerne wissen, was Sie damit sagen wollen, und wäre Ihnen sehr verbunden, wenn Sie es mir sagten,« war meine Antwort.

»Tja, wissen Sie, Vigours machte sich auf und davon und ließ alles stehen und liegen,« sagte er. »Es war irgend ein Aberglaube dabei – ich bin nie dahinter gekommen; aber zum Schluß hatte die Sache ein ziemlich übles Aussehen.«

»Darüber ist mir eine andere Geschichte zu Ohren gekommen,« sagte ich, »und ich glaube, das beste ist, ich erzähle sie Ihnen gleich. Mir ist gesagt worden, er wäre Ihretwegen davongelaufen.«

»Aha! er wird sich geschämt haben, die Wahrheit zu berichten,« versetzte Case, »sie kam ihm wahrscheinlich zu albern vor. Und Tatsache ist ja auch, daß ich ihn expedierte.« »Was wollen Sie nun machen, alter Freund?« fragte ich ihn. »Ausreißen!« sagte er, »und zwar sofort.« Ich war heilfroh, ihn gehen zu sehen. Es ist nicht meine Art, einen Kameraden im Stich zu lassen, aber es gab so viel Scherereien im Dorf, daß ich keine Ahnung hatte, wo das noch enden würde. Ich war ein Narr, mich so viel mit Vigours sehen zu lassen. Sie haben es mir heute vorgeworfen. »Haben Sie nicht ge-

35

hört, wie Maea – das ist der junge Häuptling, der große – plötzlich von dem »Vika« anfing? Das ist der, gegen den sie was hatten. Sie scheinen es irgendwie nicht vergessen zu können.«

»Das ist ja alles schön und gut,« sagte ich, »aber ich weiß immer noch nicht, wo der Haken liegt; ich weiß immer noch nicht, wovor sie sich eigentlich fürchten – was eigentlich in ihren Köpfen steckt.«

»Nun, ich wollte, ich wüßte es,« sagte Case. »Mehr kann ich auch nicht sagen.«

»Meinen Sie nicht, Sie hätten sie fragen können?« sagte ich.

»Das hab ich doch getan«, sagte er. »Aber Sie müssen ja selbst gesehen haben, wenn Sie nicht blind sind, daß das Fragen nur die entgegengesetzte Wirkung hatte. Ich gehe so weit, wie ich nur wage, wenn es sich um einen Weißen handelt; aber wenn ich sehe, daß ich mich dadurch selbst in die Tinte setze, dann muß ich zuerst an mich selber denken. Der Fehler ist, daß ich zu gutmütig bin. Und ich nehme mir auch die Freiheit, Ihnen zu sagen, daß Sie eine etwas merkwürdige Art von Dankbarkeit einem Manne gegenüber zeigen, der sich Ihrethalben all die Unannehmlichkeiten gemacht hat.«

»Ich denke vor allem an eine Sache«, sagte ich. »Sie waren ein Narr, sich so viel mit Vigours zu zeigen. Einen Trost haben Sie, mit mir sind Sie nicht viel gesehen worden. Mir fällt ein, daß Sie niemals bei mir im Hause waren. Jetzt gestehen Sie einmal: Sie wußten schon vorher von dieser Sache?«

»Tatsächlich bin ich nicht bei Ihnen gewesen«, sagte er. »Ich hab es übersehen, und es tut mir leid, Wiltshire. Aber was das Jetzt-zu-Ihnen-Gehen betrifft, so möchte ich ganz offen sein.«

»Sie meinen, Sie werden nicht kommen?« fragte ich.

»Tut mir schrecklich leid, lieber Freund, aber so ungefähr ist es«, versetzte Case.

»Mit einem Wort, Sie fürchten sich«, fragte ich.

»Mit einem Wort, ich fürchte mich«, war seine Antwort.

»Und ich soll nach wie vor für nichts und wieder nichts unter Tabu stehen?« fragte ich.

»Ich sage Ihnen doch, daß das gar nicht der Fall ist«, sagte er. »Die Kanaken wollen nur nicht in Ihre Nähe kommen, das ist alles. Und wer soll sie dazu zwingen? Wir Händler haben schon eine gehörige Portion Unverschämtheit, das muß ich sagen. Wir zwingen diese armen Kanaken, ihre Gesetze zu widerrufen und ihr Tabu wegzunehmen und so weiter, ganz wie es uns paßt. Aber Sie können doch im Ernst nicht erwarten, daß ein Gesetz erlassen wird, das die Leute zwingt, in Ihrem Laden zu kaufen, ob sie nun wollen oder nicht. Sie wollen mir doch nicht sagen, daß Sie die Unverschämtheit besitzen, das zu verlangen? Und wenn Sie sie hätten, so wäre es doch eine etwas sonderbare Zumutung für mich. Ich möchte Sie nämlich darauf aufmerksam machen, daß ich selber Händler bin.«

»Ich glaube, ich würde an Ihrer Stelle nicht gerade von Unverschämtheit reden,« sagte ich. »Die Lage ist, so wie ich sie verstehe, etwa folgendermaßen: Keiner der Leute soll mit mir Geschäfte machen, sondern alle mit Ihnen. Sie wollen die Kopra scheffeln und ich soll mich zum Teufel scheren und sehen, wo ich bleibe. Und ich kenne die hiesige Sprache nicht, und Sie sind der einzige Mensch hier, der in Betracht kommt, der Englisch spricht. Und da haben Sie die Unverschämtheit, mir gegenüber anzudeuten, daß mein Leben in Gefahr ist. Und alles, was Sie mir sagen können, ist, daß Sie den Grund nicht kennen.«

»Nun, das ist wirklich alles, was ich Ihnen zu sagen habe,« entgegnete er. »Ich weiß ihn nicht – und ich wollte, ich wüßte ihn.«

»Und Sie drehen mir also den Rücken und lassen mich allein. So ist die Lage?« fragte ich.

»Wenn Sie es auf diese unangenehme Weise ausdrücken wollen, ja,« sagte er. »Ich sehe es nicht so. Ich sage lediglich: ›Ich werde mich jetzt von Ihnen zurückziehen‹, denn, wenn ich das nicht tu, bringe ich mich selber in Gefahr.«

»Nun,« sagte ich, »Sie sind schon eine feine Art von Weißer!«

»Tja, ich verstehe schon, daß Sie aufgebracht sind,« sagte er. »Ich wäre es an Ihrer Stelle auch. Ich kann Ihnen schon allerhand nachsehen.«

»Gut!« sagte ich, »tun Sie das bitte anderswo. Hier ist mein Weg und da ist der Ihrige!«

Damit schieden wir. Ich ging schnurstracks und wütend nach Hause und fand Uma dabei, wie sie, ganz nach Babyart, alle möglichen Waren anprobierte.

»Halloh!« sagte ich, »jetzt hör auf mit dem Unsinn! Einen schönen Blödsinn hast du angerichtet, als wenn ich nicht sowieso schon genug Sorgen hätte! Und ich meine, ich hätte dir doch gesagt, daß du dich ums Essen kümmern sollst!«

Und dann bekam sie mal die unfreundlichere Seite meiner Zunge zu spüren, wie sie's verdient hatte. Sie riß sich auch gleich zusammen, wie eine Schildwache vor 'nem Offizier; denn, das muß ich sagen, sie war tadellos erzogen und zeigte stets großen Respekt vor weißen Leuten.

»So«, sagte ich, »du bist ja aus dieser Gegend und du mußt es also verstehen. Weswegen bin ich eigentlich unter Tabu? Und, wenn ich nicht unter Tabu stehe, weshalb haben die Leute Angst vor mir?«

Sie stand und sah mich an mit Augen so groß wie Untertassen.

»Du nicht savvy«, fragte sie schließlich, nach Atem ringend.

»Nein«, sagte ich. »Wie soll ich das wissen? Solche Verrücktheiten gibt's da nicht, wo ich herkomme.«

»Ese, er dir nicht gesagt haben?«

(Ese war der Name, den die Insulaner für Case erfunden hatten; er kann ›fremdländisch‹ oder ›außerordentlich‹ oder auch nur ›Zwergapfel‹ bedeuten, was weiß ich; aber wahrscheinlich ist es sein richtiger Name, nur falsch aufgefangen und nach Kanakenart buchstabiert.)

»Ist ihm gar nicht eingefallen«, sagte ich.

»Verfluchter Ese!« rief sie.

Man sollte meinen, daß es komisch wirkte, dies Kanakenmädel ein so kräftiges Wort aussprechen zu hören, aber nichts dergleichen. Es war weder Ungebührlichkeit noch Zorn an ihr – nein, auch kein Zorn; darüber war sie hinaus, sie meinte das Wort ganz schlicht und ehrlich. Sie stand hoch aufgerichtet da, als sie es aussprach. Ich kann nicht sagen, daß ich jemals vor- oder nachher eine Frau so aussehen gefunden habe. Es verschlug mir glatt die Rede. Dann machte sie eine Art Verbeugung, aber so stolz wie nur möglich, und breitete weit die Hände aus.

»Ich mich schämen«, sagte sie. »Ich denken, du savvy. Ese, er mir sagen, du savvy. Er sagen, du nicht fragen nach Tabu, sagen, du mich zu sehr lieben. Tabu gehören mir,« sagte sie und berührte ihren Busen, wie sie es an dem Hochzeitsabend getan hatte. »Jetzt ich weggehen, dann Tabu auch weggehen. Dann du zuviel Kopra kriegen. Du mehr Kopra lieben, glaube ich. Tofa, alii,« sagte sie auf Insulanisch, »Häuptling, lebe wohl!«

»Halt!« rief ich. »Hab es doch nicht so eilig!«

Sie sah mich von der Seite lächelnd an. »Siehst du, du Kopra kriegen«, sagte sie, ungefähr so, wie man Kindern Süßigkeiten anbietet.

»Uma,« sagte ich, »jetzt hör mich mal an und sei vernünftig. Ich wußte es tatsächlich nicht, das stimmt; und Case scheint uns beide ziemlich gemein hinters Licht geführt zu haben. Aber jetzt weiß ich Bescheid, und es ist mir ganz egal. Ich liebe dich zu sehr, du nicht weggehen sollst, mich nicht lassen allein, ich dann zu sehr traurig.«

»Du mich nicht lieben,« rief sie, »du mir schlechte Worte geben!« Und sie warf sich in einer Ecke auf den Boden und fing an zu weinen.

Nun, ich bin kein Gelehrter, aber von gestern bin ich grade auch nicht, und ich dachte mir, daß wir das Schlimmste an der ganzen Sache schon hinter uns hätten. Aber da lag sie nun – auf dem Gesicht, der Wand zugekehrt – und schüttelte sich vor Schluchzen, wie ein kleines Kind, so daß ihre Füße förmlich auf dem Boden trommelten. Seltsam, wie das 'nen Mann packen kann, wenn er verliebt ist; denn, es hat ja keinen Zweck, sich was vorzumachen – Kanakin oder nicht – ich war in sie verliebt, oder so gut wie verliebt. Ich versuchte daher ihre Hand zu nehmen, aber sie wollte nicht. »Uma,« sagte ich, »es hat doch keinen Sinn, sich so anzustellen. Ich will, daß du hier bleibst, ich meine kleine Frau will; ich dir Wahrheit sagen.«

»Mir nicht Wahrheit sagen«, schluchzte sie.

»Schön,« sagte ich, »ich werde warten, bis du damit fertig bist.« Und ich setzte mich direkt neben sie auf den Fußboden und begann ihr Haar zu streicheln. Zuerst wand sie sich von mir hinweg, als ich sie berührte, aber dann ließ ihr Schluchzen allmählich nach, um schließlich ganz aufzuhören, und plötzlich richtete sie sich auf und sah mich an.

»Du mir Wahrheit sagen? Du wollen, daß ich bleibe?« fragte sie.

»Uma«, sagte ich, »du bist mir lieber als sämtliche Kopra der Südsee«, und das war kein kleines Wort. Das Sonderbarste aber an der Sache ist, daß ich es wirklich meinte.

Sie schlang ihre Arme um mich, schmiegte sich dicht an mich und preßte ihr Gesicht gegen das meine, nach Art der Inselleute, zu küssen, so daß ich von ihren Tränen ganz naß wurde. Mein Herz sprang ihr entgegen. Niemals ist mir etwas so nahe gekommen, wie dieses kleine, braune Mädel. Eins kam zum anderen und alles half, mir den Kopf zu verdrehen. Sie war zum Anbeißen hübsch; sie schien an diesem merkwürdigen Ort mein einziger Freund zu sein. Ich schämte mich meiner rauhen Worte ihr gegenüber: und sie war eine Frau, meine Frau, und gleichzeitig doch nur ein Kind, das mir obendrein noch leid tat. Und das Salz ihrer Tränen war in meinem Munde. Ich vergaß Case und die Eingeborenen; ich vergaß, daß ich ja nichts von Umas Geschichte wußte, und wenn ich dran dachte, war's nur, um im nächsten Augenblick die Erinnerung daran zu verbannen. Ich vergaß, daß ich nun keine Kopra bekommen würde und daher keine Existenz mehr hatte. Ich vergaß meine Arbeitgeber und meine recht sonderbare Art, ihnen zu dienen, indem ich meine Laune ihrem Geschäft vorzog. Ich vergaß sogar, daß Uma ja gar nicht meine rechtmäßige Frau war, sondern nur ein verführtes, und zwar auf recht schäbige Weise verführtes Mädchen. Doch greife ich hiermit vor. Ich komme schon mit der Zeit zu diesem Teil der Geschichte.

Es war spät geworden, ehe wir ans Essen dachten. Der Herd war ausgegangen und inzwischen eiskalt geworden; aber wir brachten ihn schließlich wieder in Gang und kochten jeder ein Gericht, wobei wir einander gleichzeitig halfen und im Wege waren und überhaupt aus dem Ganzen ein Spiel machten, wie die Kinder. Ich war so gierig nach ihrer Nähe, daß ich mich mit meinem Mädel auf den

Knien zum Essen hinsetzte, sie mit der einen Hand festhielt und mit der anderen das Essen zum Munde führte. Ja, mehr noch: sie war die schlechteste Köchin, die der liebe Herrgott wohl je erschaffen hat; von den Gerichten, die sie zubereitete, wäre jedem rechtschaffenen Gaul übel geworden. Trotzdem speiste ich an jedem Tage von dem, was Uma mir gekocht hatte, und ich kann mich nicht erinnern, daß es mir jemals besser geschmeckt hätte.

Ich machte mir und auch ihr nichts vor. Ich sah, daß ich einfach weg war; wenn sie schon einen Narren aus mir machen sollte, dann immerzu! Und das brachte sie wahrscheinlich zum Reden, denn jetzt wußte sie ja, daß wir Freunde waren. Sie erzählte mir eine lange Geschichte, als sie so auf meinem Schoß saß und mein Gericht hinunterlöffelte, während ich, aus fehlerer Narretei, das ihrige aß, – von sich selbst und ihrer Mutter und Case, eine lange Sache, die sich auf Pidgeon-Insulanisch sehr langweilig ausnehmen und ganze Seiten füllen würde, die ich aber auf gut Englisch, wenigstens kurz andeuten muß; und auch eine Sache über mich selbst erzählte sie, und die hatte auf meine Angelegenheiten, wie Sie bald erfahren werden, einen sehr großen Einfluß.

Es scheint, daß sie auf einer der Äquatorialinseln geboren war. In diesen Gegenden, wohin sie mit einem Weißen gekommen war, der ihre Mutter geheiratet hatte und dann starb, war sie erst seit zwei oder drei Jahren, in Falesa erst seit einem Jahr. Vordem waren sie viel herumgezogen, immer dem Weißen nach, der einem jener rollenden Steine glich, die kein Moos ansetzen, und der stets auf der Suche war nach einem möglichst weichen Nest. Diese Art Leute reden davon, daß sie Gold aus dem Regenbogen schürfen wollen. Braucht ein Mensch eine Beschäftigung, die ihn bis an sein Lebensende aushält, so mag er sich nur auf die Suche nach einem weichen Nest begeben. Speise und Trank wird sie ihm sein und Bier und Kegelschieben, denn niemals hört man, daß einer dabei verhungert wäre, noch daß man ihn sonderlich oft nüchtern angetroffen hätte, und was einen richtigen soliden Sport betrifft, ist der Hahnenkampf gegen diesen ein Kinderspiel. Nun, wie dem auch sei, dieser Inseltrotter schleppt das Weib und ihre Tochter überall hin, zumeist aber nach entlegenen Inseln, wo es keine Polizei gab und wo, wie er wohl hoffte, das Nest sich für ihn auftun würde. Ich habe ja so meine eigene Meinung von dem Kerl; trotzdem ist es mir ganz lieb, daß er Uma von Apia und Papeete und all diesen Unzuchtnestern ferngehalten hat. Schließlich wurde er auch nach Fale-alii auf diese Insel verschlagen, bekam einige Ware in die Hände – wie, weiß allein der liebe Herrgott – verschlampte die ganze Geschichte auf die übliche Weise und starb, ohne einen Pfennig zu hinterlassen, mit Ausnahme eines Stückchen Landes in Falesa, das er für eine schlechte Schuld in Zahlung genommen hatte, und dies hatte Mutter und Tochter veranlaßt, hierher zu ziehen. Es scheint, daß Case sie unterstützte, wo er konnte und ihnen half, ihr Haus zu bauen. Er war damals sehr gut zu ihnen und gab Uma Ware, um Handel zu treiben, und es ist kein Zweifel, daß er von vornherein ein Auge auf sie geworfen hatte. Allein, kaum hatten sie sich niedergelassen, als ein junger Mann auftauchte, ein Insulaner, der sie heiraten wollte. Er war ein kleiner Häuptling und besaß einige schöne Matten und ein paar alte Familienlieder und war »sehr hübsch«, wie Uma sagte. Mit einem Wort, für ein ganz mittelloses Mädchen war es eine fabelhafte Partie.

Schon bei dem ersten Wort hiervon wurde ich ganz krank vor Eifersucht.

»Willst du damit sagen, du hättest ihn geheiratet?« rief ich.

»Joe, ja,« sagte sie. »Ich ihn zu sehr mögen!«

»So!« sagte ich, »und wenn ich dann später des Weges gekommen wäre?«

»Ich dich jetzt lieber mögen,« sagte sie. »Aber wenn ich heiraten Joane, ich dann gute Frau. Ich nicht gewöhnlicher Kanake. Gutes Mädchen!« sagte sie.

Nun, dagegen war nichts zu sagen; aber ich versichere Ihnen, mir gefiel die Geschichte gar nicht. Und das Ende vom Liede schien mir nicht die Spur besser als ihr Beginn. Es scheint, daß mit diesem Heiratsantrag das Übel seinen Anfang nahm. Man hatte natürlich auf Uma und ihre Mutter als verwandtschaftslose Ausländer herabgesehen, ihnen im übrigen aber nichts Böses getan, und selbst als Joane sich ihr näherte, sah es zuerst weniger schlimm aus, als man hätte erwarten können. Dann aber, ungefähr sechs Monate vor meinem Kommen, begann Joane sich ganz plötzlich zurückzuziehen und verließ jenen Teil der Insel, und von dem Tage an fanden Uma und ihre Mutter sich allein. Niemand sprach mehr in ihrem Hause vor, keiner redete sie auf ihren Gängen an. Gingen sie zur Kirche, so rückten die anderen Weiber auf ihren Matten von ihnen weg und ließen zwischen ihnen einen freien Raum. Es war eine regelrechte Exkommunikation wie im Mittelalter und die Ursache oder der Zweck vollkommen rätselhaft. Es war irgendeine tala pepelo, sagte Uma, eine öffentliche Lüge, eine Verleumdung; und alles, was sie davon wußte, war, daß die Mädchen, die auf ihr Glück mit Joane eifersüchtig gewesen waren, sie jetzt wegen seines Rückzuges verhöhnten und ihr zuschrien, wenn sie ihr allein im Walde begegneten, daß sie niemals heiraten würde. »Sie mir sagen, daß kein Mann mich heiraten. Er zuviel Angst«, sagte sie.

Der einzige Mensch, der sie in dieser Verlassenheit noch besuchte, war Case. Aber selbst er zeigte sich nur selten und meist nur bei Nacht und sehr bald begann er seine Karten aufzudecken und sieh an Uma heranzumachen. Ich war immer noch pikiert wegen Joane und als nun gar noch Case in gleichen Absichten auftauchte, war ich einfach fertig.

»Nun,« sagte ich höhnisch, »und den fandst du wahrscheinlich auch ›sehr hübsch‹ und hast ihn wohl auch gleich ›zu sehr mögen‹?«

»Jetzt du dumm reden,« sagte sie. »Weißer Mann, er herkommen, ich ihn heiraten, ganz wie Kanake; nun gut. Er mich auch heiraten, ganz wie weiße Frau. Wenn er nicht heiraten, er fortgehen, Frau, sie bleiben. Ese, ganz wie Dieb, leere Hand, Tonga-Herz – nicht kann lieben! Nun du aber kommen, mich heiraten. Du großes Herz – du nicht Inselmädchen schämen. Deswegen ich dich lieben zu sehr. Ich stolz.«

Ich glaube, in meinem ganzen Leben bin ich mir nicht miserabler vorgekommen als in diesem Augenblick. Ich legte meine Gabel nieder und schob das ›Inselmädchen‹ weg. Irgendwie wußte ich plötzlich mit beiden nichts mehr anzufangen. So ging ich denn hinaus und schritt vorm Hause auf und ab und Uma folgte mir mit den Augen, denn sie war beunruhigt. Kein Wunder? Beunruhigt war aber nicht das Wort, das auf mich paßte. Solche Sehnsucht und solche Angst hatte ich, zu beichten, was für ein dreckiger Kerl ich gewesen war!

Und gerade in dem Augenblick tönte ein Singen vom Meer her zu uns herüber. Klar und plötzlich schwang es sich in die Luft, während das Boot um die Landzunge fuhr und Uma, die zum Fenster gelaufen war, rief, es sei der ›Misi‹, der auf seiner Rundfahrt nach Falesá gekommen wäre.

Mir kam es seltsam vor, daß ich mich freute, einen Missionar zu sehen; aber, seltsam oder nicht, ich freute mich.

»Uma,« sagte ich, »bleib du hier in diesem Zimmer und rühr dich nicht vom Fleck, bis ich zurück bin.«

Drittes Kapitel

Der Missionar

Als ich auf die Veranda trat, hielt das Missionsboot gerade in voller Fahrt auf die Flußmündung zu. Es war ein langer, weißgestrichener Kutter, am Stern von einer kleinen Plane bedeckt; ein einheimischer Pastor hockte, das Steuer in der Hand, auf dem Rande der Achterhütte. Einige vierundzwanzig Ruder hoben und senkten sich blitzend zum Takt des Liedes; und der Missionar saß in seinen weißen Kleidern lesend unter der Plane. Das Ganze war ein Schmaus für Augen und Ohren; es gibt auf den ganzen Inseln keinen flotteren Anblick als ein Missionsboot mit einer tüchtigen Besatzung, die gut im Zuge ist; ich sah ihnen wohl eine halbe Minute lang zu und schlenderte ihnen dann entgegen in der Richtung des Flusses, mit vielleicht ein bißchen Neid im Herzen.

Am jenseitigen Ufer steuerte ein Mann ebenfalls auf das gleiche Ziel los; da er aber lief, kam er als Erster dort an. Es war Case; zweifellos hatte er den Gedanken, mich dem Missionar fern zu halten, der mir ja als Dolmetsch, dienen konnte; aber ich hatte anderes im Sinne. Ich dachte daran, wie er mich mit der Heirat zum Narren gehalten hatte und wie er hinter Uma her gewesen war; und bei seinem Anblick stieg mir die helle Wut in die Nüstern.

»Machen Sie, daß Sie fortkommen, Sie gemeiner Dieb und Schwindler!« schrie ich ihm entgegen.

»Was sagen Sie da?« fragte er.

Ich wiederholte die Worte und bekräftigte sie noch mit einem saftigen Fluch. »Und wenn ich Sie je in einem Umkreis von sechs Faden bei meinem Hause erwische, ramme ich Ihnen eine Kugel in Ihren elenden Kadaver.«

»Mit Ihrem Hause können Sie anfangen, was Sie wollen«, sagte er; »ich sagte Ihnen ja schon, daß ich nicht die leiseste Absicht habe, mich dort sehen zu lassen; aber das hier ist öffentlicher Grund und Boden.«

»Es ist ein Ort, wo ich jetzt private Geschäfte zu erledigen habe,« sagte ich, »und da es mir nicht behagt, einen Hund wie Sie hier den

Lauscher spielen zu lassen, erkläre Ihnen hiermit, Sie haben sich zu entfernen.«

»Und ich nehme die Erklärung nicht an«, sagte Case.

»Dann werde ich es Ihnen schon zeigen«, sagte ich.

»Das werden wir ja sehen«, erwiderte Case.

Er war mit seinen Händen ganz geschickt, aber er hatte weder genügend Größe noch Schwergewicht und nahm sich neben mir wie ein ziemlich schwächliches Geschöpf aus. Außerdem war ich derart wutentbrannt, daß ich in einen Meißel hätte hineinbeißen können. So gab ich's ihm denn, zuerst von der einen und dann von der anderen Seite, so daß ich's in seinem Kopf knacken und krachen hören konnte, und er fiel wie ein Klotz zu Boden.

»Haben Sie jetzt genug?« schrie ich. Aber er sah nur bleich und stumpf zu mir auf, und das Blut floß ihm übers Gesicht, wie Wein über eine Serviette. »Haben Sie genug?« wiederholte ich noch einmal. »Reden Sie und simulieren Sie nicht hier herum, sonst rück ich Ihnen noch einmal auf die Pelle.«

Bei diesen Worten richtete er sich auf und griff sich an den Kopf – man konnte sehen, daß ihm schwindlig war – und das Blut ergoß sich auf seine Pyjamas.

»Für diesmal habe ich genug«, antwortete er und entfernte sich taumelnd denselben Weg, den er gekommen war.

Das Boot war jetzt dicht herangekommen; ich sah, wie der Missionar sein Buch beiseite legte, und lächelte vor mich hin. »Jedenfalls wird er wissen, daß ich ein Mann bin«, dachte ich.

Es war das erstemal, daß ich in den ganzen Jahren meines Aufenthalts am Pazifik mit einem Missionar ein Wort wechselte, geschweige denn ihn um eine Gefälligkeit bat. Ich konnte sie alle nicht leiden, kein Händler kann das. Sie sehen auf uns herab und machen daraus kein Hehl; außerdem sind sie zum Teil kanakaisiert und halten zu den Eingeborenen, statt zu ihresgleichen, den Weißen. Ich trug einen sauberen, gestreiften Pyjama-Anzug – denn natürlich hatte ich mich, als es zu den Häuptlingen ging, anständig angezogen – aber als ich den Missionar so in seiner regelrechten Uniform, mit weißen Leinenhosen, Tropenhelm, weißem Hemd und gelben

Stiefeln aus dem Boot steigen sah, hätte ich ihn mit Steinen bewerfen können. Als er näher kam und mich ziemlich neugierig beäugte (wahrscheinlich wegen der Rauferei) kam er mir todkrank vor. Tatsächlich hatte er auch das Fieber, und draußen im Boot hatte ihn eben erst ein Schüttelfrost gepackt.

»M. Tarleton, wenn ich mich nicht irre?« fragte ich, denn ich hatte seinen Namen erfahren.

»Und Sie sind vermutlich der neue Händler?« war seine Antwort.

»Zuerst möchte ich Ihnen sagen, daß ich nicht viel für die Mission übrig habe,« fuhr ich fort, »und daß Sie und Ihresgleichen meiner Meinung nach eine Menge Schaden anrichten, indem Sie die Einheimischen hier mit Altweibergeschichten und Mumpitz vollstopfen.«

»Sie haben ein vollkommenes Recht auf Ihre Meinung,« sagte er, ein wenig gefährlich aussehend, »ich habe aber keinerlei Verpflichtung, sie mir anzuhören.« »Zufällig müssen Sie sie doch anhören«, sagte ich. »Ich bin kein Missionar und auch kein Liebhaber von Missionaren; ich bin kein Kanake – und auch gerade kein Freund von Kanaken; ich bin nur ein Händler; ein ganz gewöhnlicher, ordinärer, gottverfluchter Weißer und britischer Untertan, einer von denen, an denen Sie am liebsten Ihre Stiefel abwischen möchten. Ich hoffe, das war wenigstens deutlich!«

»Jawohl, mein Lieber«, sagte er. »Es war mehr deutlich als lobenswert. Wenn Sie wieder nüchtern sind, werden Sie's zu bereuen haben.«

Er versuchte, an mir vorbeizukommen, aber ich hielt ihn fest. Die Kanaken fingen jetzt zu murren an. Wahrscheinlich gefiel ihnen mein Ton nicht, denn ich sprach mit dem Kerl so offen und deutlich, wie ich zu Ihnen reden würde.

»Jetzt können Sie nicht behaupten, daß ich Sie hintergangen habe,« sagte ich, »und nun kann ich ja fortfahren. Ich will einen Dienst von Ihnen – zwei sogar; und wenn Sie bereit sind, sie mir zu erweisen, werde ich vielleicht ein bißchen besser von Ihrem sogenannten Christentum denken als bisher.«

Er schwieg einen Augenblick still, dann lächelte er. »Sie sind ein etwas sonderbarer Mensch«, sagte er.

»Ich bin der Mensch, zu dem Gott mich gemacht hat«, sagte ich. »Ich beanspruche gar nicht, ein Gentleman zu sein.«

»Dessen bin ich noch gar nicht so sicher«, sagte er. »Was kann ich also für Sie tun, Herr ...?«

»Wiltshire,« sagte ich, »wenn man mich auch meistens Welsher nennt, aber es wird Wiltshire buchstabiert. Wenn die Leute hierzulande ihre Zungen nur an den Namen gewöhnen könnten. Was ich will? Nun, ich werde es Ihnen gleich sagen. Ich bin, was Sie so'n Sünder nennen – ich nenn's 'nen Schuft – und ich möchte, daß Sie mir helfen, es dem anderen Menschen gegenüber wieder gutzumachen.«

Er drehte sich um und sprach auf Insulanisch mit der Besatzung. »Und jetzt stehe ich Ihnen zu Diensten,« sagte er, »aber nur solange die Besatzung hier beim Essen ist. Ich muß noch vor Anbruch der Nacht weiter unten an der Küste sein. Ich wurde bis heute morgen in Papa-Malulu zurückgehalten und habe morgen nacht eine Verabredung in Fale-alii.«

Schweigend ging ich den Weg voran nach Hause. Ich war eigentlich mit mir ganz zufrieden über die Art, wie ich die Unterredung gedeichselt hatte, denn ich liebe es, wenn der Mensch, seine Selbstachtung behält.

»Es tat mir leid, Sie raufen zu sehen,« sagte er.

»Ach, das gehört zu der Geschichte, die ich Ihnen erzählen will,« sagte ich. »Das ist der Dienst Nummer zwei. Wenn Sie sie gehört haben, werden Sie mir sagen, ob's Ihnen noch leid tut oder nicht.«

Wir spazierten schnurstracks durch den Laden ins Haus hinein, und ich war erstaunt, zu sehen, daß Uma das Geschirr vom Mittagessen weggeräumt hatte. Das war ihr so unähnlich, daß ich sofort erkannte, sie hatte es aus Dankbarkeit getan, und hatte sie deswegen nur um so lieber. Sie und Mr. Tarleton nannten sich mit Namen, und er war anscheinend sehr höflich zu mir. Aber davon hielt ich nicht viel; einem Kanaken gegenüber sind sie immer rasch mit der Höflichkeit bei der Hand, nur gegen uns Weiße kehren sie den

Herrn heraus. Außerdem lag mir Tarleton im Augenblick nicht sehr am Herzen. Ich wollte meine Sache erledigen.

»Uma,« sagte ich, »gib mal deinen Trauschein her.« Sie sah mich ängstlich an. »Los!« sagte ich, »mir kannst du schon trauen. Gib ihn her.«

Sie hatte ihn bei sich, wie gewöhnlich. Ich glaube, sie hielt ihn für eine Art Paß in den Himmel und fürchtete, wenn sie ihn beim Sterben nicht bei der Hand hätte, direkt in die Hölle fahren zu müssen. Wo sie ihn das erstemal hingesteckt hatte, konnte ich damals nicht sehen; woher sie ihn jetzt nahm, blieb mir auch verborgen. Er schien ihr plötzlich in die Hand zu springen, nach Art des Blavatsky-Hokuspokus, von dem die Zeitungen berichten. So ist es aber mit allen Insulanerinnen, wahrscheinlich bringt man ihnen diese Sachen in ihrer Jugend bei.

»So«, sagte ich, als ich den Schein in der Hand hielt, »ich wurde vom Schwarzen Jack, dem Neger, diesem Mädel angetraut. Der Schein wurde von Case ausgefertigt und stellt, wie ich Ihnen versichern kann, ein sauberes Stückchen Literatur dar. Seitdem habe ich entdeckt, daß diese meine Frau hier irgendwie in Verruf geraten ist, und daß ich, wenn ich sie behalte, mein Geschäft nicht behalten kann. Was würde nun ein Mann an meiner Stelle tun, wenn er ein wirklicher Mann ist?« fragte ich. »Als erstes würde er wohl folgendes tun.« Und ich nahm den Schein, zerriß ihn und schmiß die Fetzen auf den Fußboden.

»Aué!« schrie Uma und begann vor Schmerz die Hände zusammenzuschlagen, aber ich nahm die eine Hand in die meine.

»Und das zweite, was er tun würde,« sagte ich, »wenn er das ist, was Sie und ich unter einem Manne verstehen, Mr. Tarleton, wäre, das Mädel hier schnurstracks zu Ihnen oder zu sonst irgend einem Missionar zu bringen und zu erklären: ›Ich bin dieser meiner Frau unrechtmäßig angetraut worden, aber ich kann sie über die Maßen gut leiden und jetzt will ich ihr richtig angetraut werden!‹ Also, schießen Sie los, Mr. Tarleton. Und ich glaube, Sie machen es am besten auf Insulanisch; das wird meiner Alten hier Spaß machen,« sagte ich, wobei ich ihr gleich den Namen gab, mit dem ein Mann seine Frau zu benennen hat, ganz wie es sich gehört.

So holten wir denn zwei von der Besatzung als Zeugen herein und wurden in unserem eigenen Hause getraut; und der Pastor betete eine Weile drauf los, das muß ich schon sagen – aber nicht so lange, wie manche es zu tun pflegen – und schüttelte uns beiden zum Schluß die Hände.

»Herr Wiltshire,« sagte er, als er es uns schriftlich gegeben hatte und die Zeugen expediert waren, »ich habe Ihnen für eine sehr große Freude zu danken. Selten habe ich die Trauungszeremonie mit gehobeneren Gefühlen vollzogen.«

Das war nun 'ne Rede. Er wollte auch damit fortfahren, und ich war vollkommen bereit, so viel Schmus zu schlucken, als er auf Lager hatte, denn ich fühlte mich großartig. Aber Uma hatte sich schon während der halben Trauungszeremonie mit ganz etwas anderem beschäftigt und schoß jetzt schnurstracks aufs Ziel los.

»Wie du deine Hand verletzen?« fragte sie.

»Da mußt du Casens Kopf fragen, Alte,« sagte ich.

Sie hüpfte vor Freuden und schrie laut los.

»Zur waschechten Christin haben Sie die noch nicht gemacht,« sagte ich zu Mr. Tarleton.

»Wir hielten sie nicht für eine unserer Schlechtesten,« sagte er, »als sie noch in Fale-alii war; und wenn Uma gegen jemand aufgebracht ist, wird sie wohl allen Grund haben.«

»Nun, da sind wir bei Dienst Nummer zwei angelangt,« sagte ich. »Ich möchte Ihnen unsere Geschichte erzählen und sehen, ob Sie vielleicht etwas Licht da hineinbringen können.«

»Ist sie lang?« fragte er.

»Ja!« rief ich, »eine ganz ordentliche Geschichte!«

»Nun, ich gebe Ihnen alle Zeit, die ich erübrigen kann,« sagte er nach seiner Uhr sehend. »Aber ich muß Ihnen ganz offen sagen, daß ich seit fünf Uhr morgens heute noch nichts gegessen habe, und wenn Sie mir hier nicht etwas geben, werde ich wohl vor sieben oder acht Uhr nichts bekommen.«

»Gott verdammich, wir werden Ihnen was zu essen geben!«

Ich war ein wenig betreten, daß mir gerade jetzt, wo alles so schön glatt ging, der Fluch entwischt war, und der Missionar war's wohl auch, denn er tat so, als sähe er zum Fenster hinaus und bedankte sich nur bei uns. So schafften wir ihm denn eine Kleinigkeit zu essen. Ich mußte auch meine Alte an die Arbeit 'ran lassen, da sie zeigen wollte, was sie konnte, deshalb ließ ich sie den Tee brauen. Ich glaube, so ein Tee, wie der, den sie schließlich fertig brachte, ist mir in meinem Leben nicht begegnet. Aber das war noch nicht das Schlimmste, denn sie kriegte zum Schluß noch das Salzfaß in die Finger, und da sie Salz wahrscheinlich für 'ne ganz besondere europäische Finesse hielt, verwandelte sie Gulasch in Seewasser. Im großen und ganzen bekam Mr. Tarleton eine ganz verflixte Mahlzeit; aber er litt wenigstens keinen Mangel an Unterhaltung, während unseren Zubereitungen und später, als er in seinem Essen herumstocherte, berichtete ich ihm von Meister Case und dem Strande von Falesa, und er stellte allerlei Fragen, die zeigten, daß er mir aufmerksam folgte.

»Nun,« sagte er zum Schluß, »ich fürchte, Sie haben da wirklich einen gefährlichen Feind. Dieser Mann Case ist sehr intelligent und scheint wirklich ein böser Mensch zu sein. Ich muß sagen, daß ich schon seit fast einem Jahr ein Auge auf ihn geworfen habe und daß ich bei allen unseren Zusammenstößen eigentlich den Kürzeren zog. Ungefähr um die Zeit, als der letzte Vertreter Ihrer Firma so plötzlich auf und davon ging, bekam ich einen Brief von Namu, dem eingeborenen Pastor, mit der Bitte, so bald wie möglich nach Falesa zu kommen, da seine Herde ›alle katholische Sitten annähmen‹. Ich hielt große Stücke auf Namu; wie ich fürchte, ist das auch wieder einmal nur ein Beweis, wie leicht wir uns irren können. Niemand konnte ihn predigen hören, ohne von seinen außerordentlichen Talenten überzeugt zu sein. Alle unsre Insulaner eignen sich mühelos eine Art Beredsamkeit an und können mit sehr viel Energie und Phantasie Predigten aus zweiter Hand herunterhaspeln und beleuchten; aber Namus Predigten sind wirklich ernst zu nehmen, und ich kann nicht leugnen, daß ich sie für Werkzeuge der Gnade hielt. Außerdem nimmt er eifrigen Anteil an weltlichen Dingen, scheut sich nicht vor der Arbeit, ist ein geschickter Tischler und hat sich ein solches Ansehen unter den benachbarten Pastoren verschafft, daß wir ihn, halb im Scherz, halb im Ernst, den Bischof des

Ostens nennen. Kurz und gut, ich war stolz auf den Mann; um so rätselhafter schien mir sein Brief, und ich ergriff die Gelegenheit, hierher zu kommen. Am Morgen vor meiner Ankunft hatte man Vigours an Bord des ›Lion‹ expediert, und Namu trat völlig sicher auf, schämte sich anscheinend seines Briefes und war sehr abgeneigt, ihn zu erklären. Das ließ ich natürlich nicht durchgehen und es endete mit seinem Geständnis, daß es ihn sehr beunruhigt hätte, zu sehen, daß alle seine Leute das Zeichen des Kreuzes schlügen, aber seit er die Erklärung gehört hätte, sei er vollkommen befriedigt. Denn Vigours hätte den bösen Blick gehabt, eine Sache, die in einem Lande Europas, Italien genannt, ganz üblich sei, wo Menschen häufig durch diese Art Teufel einfach tot umfielen, und das Zeichen des Kreuzes scheine ein Zauber gegen diese Macht zu sein.

»›Und ich erkläre es so, Misi,‹ sagte Namu; ›das Land in Europa ist ein Papi-Land, und der Teufel des bösen Blicks kann ein katholischer Teufel sein, oder wenigstens an katholische Sitten gewohnt. Darum folgerte ich also: wenn das Zeichen des Kreuzes auf Papi-Weise gebraucht würde, wäre es eine Sünde, aber wenn es nur gebraucht wird, um Menschen vor dem Teufel zu schützen, was an sich ein harmloses Ding ist, muß das Zeichen auch harmlos sein, ebenso wie eine Flasche weder gut noch böse ist, sondern nur harmlos. Denn das Zeichen ist weder gut noch böse. Aber wenn die Flasche voll Gin ist, ist die Flasche schlecht; und wenn das Zeichen in Abgötterei gebraucht wird, dann ist es böse, denn Abgötterei ist auch böse.‹ Und ganz wie alle seinesgleichen hatte er sofort einen Text bei der Hand über das Austreiben von Teufeln.

»›Und wer hat dir vom bösen Blick erzählt?‹ fragte ich ihn.

»Er gestand, daß es Case gewesen wäre. Nun fürchte ich, daß Sie mich für sehr engherzig halten werden, Mr. Wiltshire, aber ich muß sagen, ich war sehr ungehalten und kann einen Händler unmöglich für den richtigen Mann ansehen, um meine eingeborenen Pastoren zu beraten und zu beeinflussen. Außerdem war ein Gerücht im Umlauf gewesen über den alten Adams und daß man ihn vergiftet hätte, auf das ich aber nicht sonderlich acht gab; nur kam es mir in diesem Augenblick wieder ins Gedächtnis.

»›Und führt dieser Case ein heiliges Leben?‹ fragte ich. Er mußte zugeben, daß das nicht der Fall wäre, denn, obwohl er nicht tränke, wäre er doch sehr ausschweifend mit den Weibern und hätte keine Religion.

»›Dann,‹ sagte ich, ›je weniger du mit ihm zu tun hast, um so besser, meine ich.‹

»Aber es ist nicht so leicht, einem Manne wie Namu gegenüber das letzte Wort zu haben. Er war sofort wieder mit einem Beispiel bei der Hand. ›Misi‹ sagte er, ›du hast mir erzählt, daß es weise Männer gibt, nicht Pastoren, nicht einmal heilige Männer, die manches Nützliche wissen und lehren – von Bäumen, zum Beispiel, und Tieren und gedruckten Büchern, und von Steinen, die verbrannt werden, um Messer daraus zu machen. Solche Männer unterrichten Euch in Euren Schulen, und Ihr lernt von ihnen, wenn Ihr Euch auch vorseht, nichts Unheiliges zu lernen. Misi, Case ist meine Schule.‹

»Ich wußte nicht, was ich sagen sollte. Mr. Vigours war allem Anschein nach durch Cases Intrigen aus Falesa vertrieben worden, und zwar sah es fast so aus, als hätte mein Pastor mitgeholfen. Ich erinnerte mich, daß es Namu gewesen war, der mich über Adams beruhigt und das Gerücht auf das Übelwollen des Priesters zurückgeführt hatte. Und ich erkannte, daß ich mich aus einer vorurteilsfreien Quelle gründlicher informieren mußte. Hier am Orte gibt es einen alten Schuft von einem Häuptling, Faiaso, den Sie wahrscheinlich heute bei der Beratung kennen gelernt haben. Der ist sein Leben lang aufsässig und ein großer Fuchs gewesen, ein bekannter Aufwiegler und der Mission und der Insel ein Dorn im Fleisch. Trotz alledem ist er sehr schlau und spricht, wenn es sich nicht um Politik oder um seine eigenen Streiche handelt, die Wahrheit. In sein Haus begab ich mich also, erzählte ihm, was ich gehört hatte, und bat ihn, offen mir zu sein. Ich glaube, niemals habe ich eine peinlichere Unterredung gehabt. Sie werden mich vielleicht verstehen, Mr. Wiltshire, wenn ich Ihnen sage, daß es mir mit den Altweibergeschichten, die Sie mir vorwerfen, vollkommen ernst ist, und daß mir die Wohlfahrt dieser Insel ebenso sehr am Herzen liegt, wie Ihnen die Liebe und der Schutz Ihrer hübschen Frau. Und Sie dürfen nicht vergessen, daß ich Namu für ein Muster hielt und stolz auf den Mann war, als eine der ersten reifen Früchte meiner Mission. Und jetzt erzählte man mir, daß er in eine Art Abhängigkeit von

Case geraten wäre. Der Anfang war zweifellos nicht korrupt gewesen; es begann sicherlich mit seiner Furcht und Achtung vor Case, aus allerlei Zauberei und Betrug entstanden. Aber ich war entsetzt, als ich hörte, daß in letzter Zeit noch ein anderer Faktor hinzugetreten war, daß Namu sich im Laden mit Waren bedient hatte und daß man ihn für tief in Cases Schuld hielt. Was immer der Händler auch sagte, Namu glaubte es ihm zitternd. Hierin stand er nicht allein; viele im Dorfe lebten in der gleichen Knechtschaft. Aber Namus Fall war der bedeutungsvollste; durch Namu hatte Case das meiste Böse getan; und mit einer gewissen Gefolgschaft unter den Häuptlingen und dem Pastor in der Tasche war der Mann so gut wie Herr im Dorf. Sie haben einiges von Vigours und Adams gehört, aber vielleicht wissen Sie nichts von Underhill, Adams Vorgänger. Der war ein stiller, sanfter, alter Mann, wie ich mich erinnere, und uns wurde erzählt, er sei plötzlich gestorben; die Weißen sterben sehr rasch in Falesa. Die Wahrheit, wie sie mir jetzt berichtet wurde, ließ mir das Blut in den Adern gerinnen. Es scheint, daß er von einer allgemeinen Lähmung befallen wurde; alles an ihm war tot, bis auf ein Augenlid, das ständig zuckte. Dann entstand das Gerücht, daß der hilflose alte Mann jetzt ein Teufel geworden sei, und dieser schreckliche Mensch, Case, stachelte die Furcht der Eingeborenen, die er zu teilen vorgab, nur noch mehr auf und tat, als wage er sich nicht mehr allein in sein Haus hinein. Endlich gruben sie ein Grab, und der lebende Körper wurde in einem entlegenen Winkel des Dorfes begraben. Namu, mein Pastor, den ich geholfen hatte zu erziehen, sprach bei dieser furchtbaren Szene ein Gebet.

»Ich fand mich in einer sehr schwierigen Lage. Vielleicht war es meine Pflicht, Namu zu denunzieren und ihn absetzen zu lassen. Heute denke ich vielleicht so, aber damals war die Sache weniger klar. Er hatte großen Einfluß; vielleicht würde der sich als stärker erweisen als der meinige. Die Einheimischen neigen zum Aberglauben; vielleicht säte ich, wenn ich das Volk in Aufruhr brachte, diese gefährlichen Phantasien nur noch weiter aus. Außerdem war Namu, abgesehen von diesem neuen, verfluchten Einfluß, unter dem er stand, ein guter Pastor, ein befähigter Mensch, mit geistigen Interessen. Wo sollte ich einen besseren hernehmen, wo einen ebenso guten? In jenem Augenblick, mit Namus Fehltritt frisch vor Augen, erschien mir mein ganzes Lebenswerk als eine Posse; die Hoffnung war für mich gestorben. Ich zog es vor, lieber solche Werkzeuge, wie ich sie hatte, wieder instand zu setzen, als mich auf die Suche nach anderen zu begeben, die sich sicherlich nur als noch schlechter erweisen würden. Außerdem ist, wenn irgend möglich, ein Skandal immer zu vermeiden. Recht oder Unrecht, ich entschloß mich also für den ruhigeren Weg. Die ganze Nacht über schalt und debattierte ich mit dem irregeleiteten Pastor, hielt ihm seine Unwissenheit und seinen Mangel an Glauben vor, machte ihm seine ganze jämmerliche Haltung zum Vorwurf, säuberte doch nur Außenseite von Tasse und Teller, machte mich leichtfertig zum Mitschuldigen an einem Morde und geriet so auf kindische Weise über ein paar kindische, unnötige und unbequeme Gesten in helle Aufregung. Lange vor Tagesanbruch hatte ich ihn, scheinbar in Tränen echter Reue gebadet, auf den Knien vor mir. Am Sonntag morgen bestieg ich die Kanzel und predigte aus dem ersten Buch der Könige, Kapitel XIX, über das Feuer, das Erdbeben und die Stimme, wobei ich auf die wahre Macht des Geistes hinwies, und, soweit ich es wagte, auf die letzten Ereignisse in Falesa anspielte. Die Wirkung war eine große und steigerte sieh noch, als Namu seinerseits sich erhob und gestand, daß er im Glauben und im Handeln gefehlt habe und von der Sünde überzeugt sei. Soweit war also alles in Ordnung; aber nun trat ein unglücklicher Umstand ein. Es war dicht vor dem sogenannten ›Mai‹ auf der Insel, wo die Kollekte für die Missionen von den Eingeborenen zu zahlen ist. Es war meine Pflicht, auf diese Sache hinzuweisen, und das bot meinem Feinde eine Gelegenheit, die er nicht zögerte auszunutzen.

»Kunde von den ganzen Vorgängen muß gleich nach dem Gottesdienst zu Case gedrungen sein, und noch am gleichen Nachmittage richtete er es so ein, daß er mitten im Dorfe mit mir zusammentraf. Er ging mit solcher Bewußtheit und Animosität auf mich zu, daß ich fühlte, es wäre falsch, ihm auszuweichen.

»›So‹, sagte er im Dialekt, ›hier ist also der heilige Mann. Er hat gegen mich gepredigt, aber das war nicht in seinem Herzen, es saß ihm nur zwischen den Zähnen. Wollt Ihr wissen, was in seinem Herzen ist?‹ schrie er. ›Ich werde es Euch zeigen!‹ Und nach meinem Kopfe greifend tat er so, als hole er einen Dollar daraus hervor und hielt ihn in die Luft.

»Durch die Menge lief das Gemurmel, mit dem Polynesier ein Wunder zu begrüßen pflegen. Und was mich betrifft, so stand ich vollkommen verwirrt da. Die Sache war ja nur ein ganz gemeines Taschenspielerkunststück, das ich in der Heimat wohl ein dutzendmal gesehen habe; aber wie sollte ich diese Wilden davon überzeugen? Ich wünschte, ich hätte Legerdemain anstatt Hebräisch gelernt, um es dem Burschen in seiner eigenen Münze heimzuzahlen. Aber da stand ich nun; schweigen konnte ich nicht, und was mir zu sagen einfiel, war nur schwach.

»›Ich ersuche Sie, nicht wieder Hand an mich zu legen‹ sagte ich.

»›Ich denke gar nicht daran,‹ sagte er, ›noch will ich Sie Ihres Dollars berauben. Hier ist er‹, und damit warf er ihn mir vor die Füße. Und wo er hinfiel, soll er drei Tage lang gelegen haben, sagt man mir.«

»Ich muß sagen, gut gespielt war das,« meinte ich.

»Oh, er ist klug,« sagte Mr. Tarleton, »und jetzt sehen Sie selbst, wie gefährlich er ist. Er hat bei dem furchtbaren Tode des Gelähmten seine Hand im Spiele gehabt; er wird beschuldigt, Adams vergiftet zu haben. Er trieb Vigours durch Lügen, die auch zu einem Morde hätten führen können, fort von hier, und es ist gar keine Frage, daß er entschlossen ist, sich auch Ihrer Person zu entledigen. Wie er das anstellen will, ahnen wir nicht; aber seien Sie versichert, daß es wieder etwas Neues sein wird. Seine Geschicklichkeit und Erfindungsgabe kennen keine Grenzen.«

»Jedenfalls macht er sich eine gehörige Portion Mühe,« sagte ich, »und letzten Endes wofür?«

»Nun, wie viele Tonnen Kopra wird man in diesem Distrikte ernten?« fragte der Missionar.

»Ungefähr sechzig Tonnen,« sagte ich.

»Und welcher Gewinn springt dabei für den hiesigen Händler heraus?« fragte er weiter.

»Rund drei Pfund,« sagte ich.

»Dann können Sie sich selbst ausrechnen, für wieviel er es tut,« sagte Mr. Tarleton. »Aber worauf es ankommt, ist, daß wir ihm das Handwerk legen. Es ist klar, daß er gegen Uma ein Gerücht in Umlauf gesetzt hat, um sie zu isolieren und sie für seine üblen Zwecke willfährig zu machen. Als ihm das mißlang und er einen neuen Rivalen auftauchen sah, benutzte er sie auf andere Weise. Das erste, was wir tun müssen, ist, uns über Namu Klarheit zu verschaffen. Uma, was tat Namu, als die Leute dich und deine Mutter links liegen ließen?«

»Er auch wegbleiben, wie alle,« antwortete Uma.

»Ich fürchte, der Hund ist zu seinem Kote zurückgekehrt,« sagte Mr. Tarleton. »Und was soll ich jetzt für Sie tun? Ich werde mit Narmu reden, ich werde ihn warnen, daß man ihn beobachtet. Es sollte mich wundern, wenn er gestattete, daß hier etwas schief geht, nachdem man ihn gewarnt hat. Trotzdem kann diese Vorsichtsmaßregel mißlingen, und dann müssen Sie sich anderswohin wenden. Sie haben zwei Leute bei der Hand, an die Sie sich halten können. Der erste ist der katholische Priester, der Sie unter den Schutz der katholischen Kirche stellen könnte. Sie haben hier nur eine elende kleine Gemeinde, darunter jedoch zwei Häuptlinge. Und dann ist da der alte Faiaso. Ja! wäre es noch wie vor einigen Jahren, dann hätten Sie niemand anders gebraucht. Sein Einfluß ist jetzt aber stark geschwunden, ist in Maeas Hände übergegangen, und Maea ist, fürchte ich, auch einer von Cases Schakalen. Kurz, kommt das Schlimmste zum Schlimmen, müssen Sie nach Fale-alii schicken oder selbst hinkommen, und wenn ich auch in diesem Teil der Insel erst in einem Monat wieder erwartet werde, werde ich doch sehen, was sich machen läßt«.

So sagte Mr. Tarleton uns denn Lebewohl; und eine halbe Stunde später hörten wir das Lied der Besatzung und sahen die Ruder des Missionsbootes aufblitzen.

Viertes Kapitel

Teufelswerk

Fast ein Monat verstrich ohne besondere Ereignisse. Noch am Abend unseres Hochzeitstages sprach Galoschen bei uns vor. Er war sehr höflich und machte es sieh bald zur Gewohnheit, etwa bei Dunkelwerden herumzukommen und im Familienkreise seine Pfeife zu rauchen. Mit Uma konnte er sich natürlich unterhalten und fing an, mir gleichzeitig den Dialekt und Französisch, beizubringen. Er war ein freundlicher alter Bursche, wenn auch so schmutzig, wie man nur je jemanden zu sehen wünscht, und richtete mit seinen fremden Sprachen in meinem Hirn eine Konfusion an, schlimmer als im Turm zu Babel.

So hatten wir wenigstens eine Beschäftigung, die mich meine Einsamkeit weniger fühlen ließ; aber Geld war bei der Sache nicht herauszuholen, denn obwohl der Priester kam und uns seine Geschichten erzählte, ließ kein einziger von den Leuten sich in meinen Laden locken. Hätte ich nicht eine neue Art Tätigkeit entdeckt, wir hätten nicht ein Pfund Kopra im Hause gehabt. Meine Idee war folgende: Fa'avao (Umas Mutter) hatte ein ganzes Schock gut tragender Bäume. Natürlich konnten wir keine Arbeitskräfte bekommen, da wir ja alle quasi unter Tabu standen, so machten denn die beiden Weiber und ich uns an die Arbeit und schafften die Kopra mit diesen unseren eigenen Händen. Solche Kopra, daß einem der Mund dabei wässern konnte – niemals hatte ich begriffen, wie sehr die Eingeborenen einen betrügen, bis ich jene vierhundert Pfund höchsteigenhändig hergestellt hatte – und so leicht wog sie, daß ich beinah Lust bekommen hätte, sie selber ein bißchen zu wässern.

Während wir bei der Arbeit waren, verbrachten eine Menge Kanaken den größeren Teil des Tages damit, uns zuzuschauen, und einmal fand sich auch jener Neger ein. Er stand mitten unter den Insulanern und lachte und spielte den großen Herrn und den Witzbold, bis mir die Galle überzulaufen begann.

»Hör mal, du Neger da!« sagte ich.

»Ich spreche nicht zu Ihnen, mein Heah«, sagte der Neger. »Ich spreche nur mit Gen'le'um.«

»Ich weiß,« sagte ich, »aber zufällig spreche ich jetzt einmal mit Ihnen, Herr Schwarzer Jack. Ich möchte nur eines wissen: haben Sie sich Cases Visage vor rund einer Woche einmal angesehen?«

»Nein, mein Heah«, sagte er.

»Dann ist alles in Ordnung,« sagte ich,» denn ich werde Ihnen den leibhaftigen Zwilling dazu, nur schwarz, innerhalb der nächsten zwei Minuten zeigen.«

Und ich fing an ganz langsam, mit herunterhängenden Armen, auf ihn loszugehen; nur mußte, wer sich die Mühe nahm, scharf hinzusehen, entdecken, daß Unwetter auf meinem Gesicht geschrieben stand.

»Sie sind ein gemeinah, aufrührigah Bursche, mein Heah«, sagte er.

»Und ob!« sagte ich.

Inzwischen war ich wohl so nahe herangekommen, als er für ratsam hielt, und er riß aus in einem Tempo, daß einem das Herz dabei aufgehen konnte. Und das war alles, was ich von der liebenswürdigen Gesellschaft zu Gesichte bekam, bis zu dem Augenblick, von dem ich jetzt erzählen will.

Eine meiner Hauptbeschäftigungen in diesen Tagen bestand darin, in den Wäldern zu jagen, die (wie Case mir gesagt hatte) sehr reich an allerlei Wild waren. Ich habe schon einmal von der Landzunge gesprochen, die das Dorf und meine Station im Osten begrenzte. Ein Pfad führte um sie herum nach der Nachbarbucht hinüber. Tagtäglich blies hier ein starker Wind, und da die Riffe und Klippen bis an die Landzunge heranreichten, rannte ständig eine schwere Brandung gegen die Ufer der Bucht. Eine kleine, felsige Anhöhe lief mitten durch das Tal bis dicht an den Strand heran, und bei Flut brach sich das Meer direkt an ihrem Sockel, so daß kein Übergang möglich war. Waldige Berge schlossen den Ort von allen Seiten ein; die Mauer im Osten war besonders steil und dicht bewachsen, und ihr an das Meer grenzender Fuß fiel in schieren, schwarzen, zinnobergestreiften Klippen ins Wasser hinab. Der obere Teil war massig von den Kronen gewaltiger Bäume. Einige der Bäume waren grün, andere rot, und der Sand vom Strande so schwarz wie meine Stiefel. Zahlreiche Vögel schwebten über der

Bucht, einige von ihnen schneeweiß; und der fliegende Fuchs (oder Vampyr) flog dort im hellen Tageslicht und zeigte fletschend seine Zähne.

Eine ganze Weile kam ich nicht weiter als bis zu diesem Jagdgrund. Kein Pfad deutete darauf hin, daß man noch weiter gehen konnte, und die Kokospalmen am Fuße des Tales waren die letzten in dieser Gegend. Denn das ganze ›Auge‹ der Insel, wie die Einheimischen die Windseite nennen, war eine Einöde. Von Falesa bis Papa-malulu gab es weder Haus, noch Menschen, noch einen von Menschen gepflanzten Fruchtbaum; und da die Riffe hier zumeist aufhörten und die Ufer rauh waren, donnerte das Meer direkt gegen die Felsen, und ein Landungsplatz war kaum vorhanden.

Ich muß noch erzählen, daß, nachdem ich angefangen hatte, in die Wälder zu gehen, die Leute, obwohl niemand in die Nähe meines Ladens kommen wollte, bereitwillig genug stehen blieben, um mir Guten Tag zu wünschen, dort, wo keiner sie sehen konnte. Und da ich angefangen hatte, den Dialekt zu lernen und die meisten ein, zwei Worte Englisch konnten, begann ich hin und wieder einen Brocken Konversation zu machen. Nicht daß es viel Zweck gehabt hätte, aber das schaffte doch die größte Mißstimmung fort, denn es ist ein elendes Gefühl, wie ein Aussätziger behandelt zu werden.

Zufällig saß ich eines Tages gegen Monatsende am Rande des Busches in dieser Bucht, nach Osten zu, zusammen mit einem Kanaken. Ich hatte ihm eben eine Pfeife Tabak gegeben und wir unterhielten uns so gut wir konnten; ja, er verstand sogar mehr Englisch als die meisten.

Ich fragte ihn, ob es keinen Weg ostwärts gäbe.

»Einmal da Weg gegeben«, sagte er. »Jetzt er tot.«

»Kein Mensch mehr da gehen?« fragte ich.

»Nicht gut da«, sagte er. »Zu viel Teufel da wohnen.«

»Oho!« rief ich. »Busch da also viele Teufel haben?«

»Teufelsmänner, Teufelsfrauen; zu viel Teufel«, sagte mein Freund. »Wohnen da ganze Zeit. Mann, der dort gehen, er nie wiederkommen.«

Ich dachte, wenn der Bursche mit Teufeln so gut Bescheid wüßte und so offen von ihnen redete, was auch nicht häufig vorkam, wäre es vielleicht ganz angebracht, ihn über Uma und mich ein wenig auszuholen.

»Du mich für Teufel halten?« fragte ich.

»Nein, ich nicht glauben,« sagte er beschwichtigend, »ich aber glauben, daß du Narr sein.«

»Uma, sie Teufel?« fragte ich weiter.

»Nein, nein; nicht Teufel. Teufel Busch wohnen,« sagte der junge Mann.

Ich sah vor mich hin über die Bucht und bemerkte plötzlich, wie die herabhängenden Zweige des Waldes beiseite geschoben wurden und Case, Gewehr in Hand, hinaus in den Sonnenschein auf den schwarzen Strand trat. Er hatte helle, fast weiße Pyjamas an, die Flinte blitzte, alles zeichnete sich sehr deutlich ab, und die Landkrebse watschelten hurtig vor ihm her in ihre Löcher.

»Halloh, mein Freund!« sagte ich, »du mir aber nicht Wahrheit sagen. Ese, er gehen, er wiederkommen.«

»Ese anders sein, Ese Tiapolo,« sagte mein Freund; und mit einem hastigen Lebewohl drückte er sich in die Büsche.

Ich beobachtete Case die ganze Zeit über am Strande, solange Ebbe war, und ließ ihn dann vor mir den Weg zurück nach Falesa gehen. Er war tief in Gedanken, und die Vögel schienen das zu wissen, denn sie trotteten dicht vor ihm über den Sand oder umkreisten ihn lärmend. Als er an mir vorbeiging, konnte ich aus den Bewegungen seiner Lippen sehen, daß er mit sich selber redete, und entdeckte, was mir ganz besonderes Vergnügen machte, daß er immer noch die Spuren meiner Hand an seiner Stirne trug. Ich will ehrlich die Wahrheit sagen: ich hatte die Absicht, ihm eine Flintenladung in sein ekliges Gesicht zu geben, aber ich ließ es dann doch sein.

Die ganze Zeit über und während ich ihm nach Hause folgte, sagte ich immer wieder das fremde Wort vor mich her: Ti-a-po-lo.

»Uma,« fragte ich, als ich zu Hause angekommen war, »was bedeutet Tiapolo?«

»Teufel,« sagte sie.

»Ich dachte, Aitu sei dafür das Wort,« sagte ich.

»Aitu andere Art Teufel,« antwortete sie; »er Busch wohnen, Kanaken fressen. Tiapolo großer Hauptteufel, zu Hause wohnen wie Christenteufel.«

»Nun,« sagte ich, »das macht mich auch nicht klüger. Kann Case Tiapolo sein?«

»Nicht selber sein,« sagte sie. »Ese, er Tiapolo gehören; Tiapolo zu sehr lieben; Ese, er sein Sohn. Ese, er was wünschen, dann, Tiapolo, er ihm machen.«

»Das ist aber höchst bequem für Ese,« sagte ich. »Und was tut er denn alles für ihn?«

Da kam dann ein langer Senf von Geschichten zum Vorschein, von denen viele (wie zum Beispiel der Dollar, den er aus Mr. Tarletons Kopf herausgeholt hatte) mir ganz klar waren, dagegen konnte ich aus einigen gar nicht klug werden. Was die Kanaken am meisten in Staunen versetzte, war das, worüber ich mich am wenigsten wunderte – nämlich, daß er sich alleine in die Einode unter die Aitus begab. Einige der Tapfersten hatten ihn aber einmal begleitet und hatten ihn mit den Toten reden und ihnen Befehle erteilen hören und waren dann unter seinem Schutze sicher wieder heimgekehrt. Einige behaupteten, er hätte dort eine Kirche, in der er Tiapolo anbetete und in der Tiapolo ihm erschiene. Andere schworen, daß überhaupt keine Zauberei dabei im Spiele wäre, daß er diese Wunder nur durch die Macht des Gebetes vollbrächte, und die Kirche sei gar keine Kirche, sondern ein Gefängnis, in dem er einen gefährlichen Aitu gefangen hielt. Namu war einmal mit ihm im Busch gewesen und hatte bei seiner Rückkehr Gott ob dieser Wunder gepriesen. Ganz im allgemeinen bekam ich allmählich eine Ahnung, welche Stellung dieser Mann einnahm und mit welchen Mitteln er sie sich erobert hatte, und obwohl ich erkannte, daß es eine harte Nuß zu knacken geben würde, war ich doch keineswegs entmutigt.

»Gut,« sagte ich, »ich werde mir Meister Cases Andachtsstätte einmal selber ansehen, und das mit dem Gott-Preisen wird sich schon finden.«

Aber jetzt wurde Uma ganz außer sich; wenn ich in den hohen Busch ginge, würde ich niemals wiederkehren. Keiner könnte außer unter Tiapolos Schutz dort hingehen.

»Ich werde es unter Gottes Schutz wagen,« sagte ich. »Ich bin ein ganz guter Kerl, Uma, wie so die Menschen nun mal sind, und ich meine, Gott wird mir schon durchhelfen.«

Eine Weile schwieg sie. »Ich glauben,« sagte sie endlich äußerst feierlich und fuhr dann nach einer Welle fort: »Victoreea, er große Häuptling?«

»Und ob!« sagte ich.

»Er dich zu sehr mögen?« forschte sie weiter.

Höchlichst amüsiert, erklärte ich ihr, soviel ich wüßte, hätte die alte Dame eine Vorliebe für mich.

»Gut,« sagte sie. »Victoreea, er große Häuptling, dich sehr viel mögen. Dir nicht helfen kann hier in Falesa – zu weit weg. Maea, er kleine Häuptling – er hier wohnen. Wenn er dich mögen – er alles gut machen. Das ganz wie Gott und Tiapolo. Gott, er große Häuptling – er zuviel Arbeit haben. Tiapolo, er kleine Häuptling – er zu sehr mögen Zauber, er sehr viel arbeiten.«

»Ich werde dich Mr. Tarleton übergeben müssen,« sagte ich. »Deine Theologie scheint mir etwas aus den Fugen, Uma.«

Wie dem auch sei, wir blieben den ganzen Abend bei dieser Geschichte und mit Hilfe der Märchen, die sie mir von der Einöde und den dortigen Gefahren erzählte, erreichte sie's denn auch glücklich, sich in eine Heidenangst hineinzureden. Ich erinnere mich nicht eines Viertels des Ganzen, denn natürlich achtete ich nicht sonderlich darauf; aber zwei davon kommen mir doch wieder ziemlich klar ins Gedächtnis.

Ungefähr sechs Meilen die Küste hinauf liegt eine geschützte Grotte, Fanga-anaana – »der Hafen der Höhlen« genannt. Ich selbst habe sie schon von der Seeseite aus gesehen, soweit ich meine Jungen bewegen konnte, sich an sie heranzuwagen: ein schmaler Streifen gelben Sandes. Schwarze Felsen voll schwarzer Höhlenmündungen beschatten ihn; mächtige Bäume ragen über die Klippen hinweg und schwebende Lianen; und an einer Stelle, ungefähr in der Mitte, ergießt sich ein großer Bach in Kaskaden darüber hin. Nun, einmal fuhr ein Boot dort mit sechs jungen Männern aus Falesa, alle »sehr hübsch«, wie Uma sagte, was ihr Verderben werden sollte. Der Wind blies stark, es gab eine schwere See, und als sie die Höhe von Fanga-anaana erreicht hatten und den weißen Wasserfall und den schattigen Strand sahen, fühlten sie sich alle müde und durstig, und ihr Wasservorrat ging zu Ende. Der eine schlug vor, zu landen und einen Trunk Wasser zu holen, und da es wagemutige Burschen waren, stimmten alle, mit Ausnahme des Jüngsten, zu. Dieser hieß Lotu; es war ein sehr braver und kluger junger Mann, und er hielt ihnen vor, daß es Wahnsinn sei, und erzählte ihnen, der Ort wäre von Geistern und Teufeln und Verstorbenen bewohnt, und nach der einen Richtung gäbe es auf sechs Meilen im Umkreis keine lebende Seele und nach der anderen gar auf zwölf Meilen nicht. Aber sie lachten über seine Worte und da sie fünf gegen einen waren, ruderten sie an Land und zogen das Boot auf den Strand. Es war ein wunderbar angenehmer Ort, erzählte Lotu, und das Wasser sei ausgezeichnet gewesen. Sie spazierten am Strande umher, konnten aber keinen Weg über die Klippen entdecken, was sie noch sorgloser machte, und schließlich setzten sie sich hin, um von dem Essen, das sie mitgebracht hatten, ein Mahl zu kochen. Kaum hatten sie sich gelagert, als aus der Mündung einer der schwarzen Höhlen sechs der schönsten Damen schritten, die sie je gesehen hatten: sie hatten Blumen im Haar und die schönsten Brüste und Halsketten aus scharlachrotem Samen, und sie begannen mit den sechs jungen Männern zu scherzen und die jungen Männer, bis auf Lotu, erwiderten ihre Scherze. Was Lotu anbetrifft, so erkannte er, daß es lebende Frauen an einem solchen Orte nicht geben konnte, und er lief fort, warf sich auf den Boden des Bootes, verbarg sein Gesicht in den Händen und betete. Die ganze Zeit über betete Lotu unaufhörlich, und mehr wußte er nicht zu sagen, bis seine Freunde zu ihm kamen und ihn aufstehen hießen. Und sie stachen wieder in See und verließen die Bucht, die jetzt ganz einsam war, und sprachen kein Wort von den sechs Damen. Aber was Lotu am meisten mit Schrecken erfüllte, war, daß kein einziger sich mehr an das Vorgefallene erinnerte, sondern alle waren wie Trunkene und sangen und lachten im Boot und trieben allerlei Unsinn. Der Wind wurde frischer und blies ganz regelmäßig; und die See stieg außergewöhnlich hoch; es war ein Wetter, das jeden Menschen auf den Inseln bewogen hätte, allem anderen den Rücken zu kehren und schnurstracks heim nach Falesa zu eilen. Aber diese fünf waren wie die Wahnsinnigen, hißten alle Segel und trieben das Boot ins Meer hinaus. Lotu fing an, das Wasser auszuschöpfen; keiner dachte daran, ihm zu helfen, sondern alle sangen und trieben allerlei Unsinn und redeten seltsame Dinge, über das Verständnis der Menschen hinaus, und sie lachten laut, wenn sie sie sagten. Den Rest des Tages über schöpfte Lotu ums liebe Leben und war ganz durchnäßt von Schweiß und kaltem Seewasser, und keiner achtete auf ihn. Wider jedes Erwarten kamen sie während eines furchtbaren Sturmes sicher in Papamalulu an, wo die Palmen ächzten und die Kokosnüsse wie Kanonenkugeln über die Dorfwiese flogen, und noch am selben Abend erkrankten alle fünf Burschen und sprachen nie wieder ein vernünftiges Wort bis zu ihrem Tode.

»Und willst du damit sagen, daß du eine Geschichte wie diese glatt geschluckt hast?« fragte ich.

Die Sache sei ganz allgemein bekannt, sagte sie mir, und käme bei hübschen jungen Leuten, wenn sie allein wären, sogar häufig vor; aber dies sei der einzige Fall, bei dem fünf an einem Tage und in Gesellschaft durch die Liebe der Teufelsweiber umgekommen wären; es hätte auf der Insel großes Aufsehen erregt und sie würde verrückt werden, wenn ich es ihr nicht glaubte.

»Nun,« sagte ich, »wie dem auch sei, um mich brauchst du keine Angst zu haben. Ich habe für Teufelsweiber nichts übrig. Du bist die einzige Frau, die mir gefällt und bist mir auch Teufel genug, Alte.«

Hierauf antwortete sie, daß es auch noch andere Teufel gäbe, und sie hätte selber mal einen gesehen. Sie war eines Tages allein zur Nachbarbucht gegangen, und war da vielleicht zu nahe an den Rand des verrufenen Ortes geraten. Die Zweige des hohen Buschs hätten sie von der Höhe her überschattet, sie selbst aber wäre draußen auf dem ebenen Strand gewesen, der sehr steinig und ganz mit vier bis fünf Fuß hohen Zwergäpfelbäumen bewachsen sei. Es sei ein düsterer Tag in der Regenzeit gewesen mit dann und wann kurzen Windstößen, die die Blätter von den Bäumen rissen und umherwirbelten, und dann wieder sei es so still gewesen wie in einem Hause. Es sei während einer dieser Windpausen gewesen, als eine ganze Schar Vögel und fliegender Füchse wie aufgeschreckt aus dem Busch gestürzt seien, und nach einer Weile hätte sie es ganz in der Nähe rascheln gehört und hätte am Waldessaum unter den Apfelbäumen etwas in der Gestalt eines mageren alten grauen Ebers gesehen. Während es sich ihr näherte, schien es nachzudenken wie ein Mensch, und plötzlich, als sie es sich beim Näherkommen so recht ansah, merkte sie, daß es gar kein Eber war, sondern ein menschenähnliches Wesen mit menschlichen Gedanken. Da sei sie davongelaufen, und das Schwein ihr immer nach, und beim Laufen hätte es laut gebrüllt, so daß der ganze Ort davon wiedergeklungen hätte.

»Ich wollte, ich wäre dabei gewesen mit meiner Büchse,« sagte ich. »Da hätte das Schwein wohl noch ganz anders gebrüllt, so daß es sich selber gewundert hätte.«

Doch sie sagte mir, eine Büchse hätte gar keinen Zweck dergleichen Dingen gegenüber; das seien die Geister der Toten.

Nun, mit solchen Gesprächen füllten wir den Abend aus, und das war noch das Beste an der Sache. Aber natürlich änderten sie meine Auffassung nicht, und am nächsten Tage machte ich mich mit meiner Flinte und einem guten Messer bewaffnet auf meine Entdeckungsreise. Ich steuerte, so gut ich konnte, auf den Ort los, an dem ich Case hatte herauskommen sehen; denn wenn er wirklich eine Art Niederlassung im Busch hatte, dann rechnete ich damit, einen Pfad dorthin zu finden. Die Stelle, wo die Einöde anfing, war durch eine sogenannte Mauer bezeichnet, denn in Wirklichkeit bestand sie nur aus einem Steinhaufen. Es heißt, daß sie über die ganze Insel läuft, wie man das aber wissen will, ist eine andere Frage, denn ich zweifle, ob jemand in den letzten hundert Jahren den Weg gewandert ist, da die Eingeborenen sich in der Hauptsache ans Meer und an ihre kleinen Kolonien entlang der Küste halten und jener Teil verdammt hoch und steil und felsig ist. Bis an die Westseite der Mauer ist der Boden gerodet und von Kokospalmen, Zwergäpfeln, Agaven und einer Menge Mimosen bewachsen. Gleich dahinter beginnt der eigentliche Busch, und zwar der hohe Busch, mit Bäumen pfeilgerade wie Schiffsmasten und Tauen von herunterhängenden Lianen und häßlichen Orchideen, die wie Pilze in den Gabelungen wachsen. Dort, wo es kein Gesträuch gab, glich der Boden einem Steinhaufen. Ich sah viele grüne Tauben, die ich hätte schießen können, nur daß mir an dem Gedanken nichts lag. Zahlreiche Schmetterlinge wirbelten dicht über dem Boden her, wie tote Blätter; mitunter hörte ich einen Vogelruf, dann wieder nur den Wind über meinem Kopf, und ständig tönte von der Küste her das Meer zu mir herüber.

Aber die Seltsamkeit des Ortes ist schwer zu schildern, es sei denn, daß der andere selbst einmal allein im hohen Busch gewesen ist. Selbst bei hellstem Sonnenschein herrscht dort ständige Dämmerung. Nach keiner Richtung hin kann man bis ans Ende sehen; wo immer man auch hinguckt, versperren einem die Wälder den Blick; die Zweige schließen so dicht übereinander wie die Finger einer Hand, und wann man auch lauscht, immer hört man etwas Neues – Männerstimmen, Kinderlachen, Axtschläge in weiter Ferne und manchmal auch ein eiliges, heimliches Rascheln ganz dicht bei der Hand, das einen zusammenfahren und nach den Waffen greifen läßt. Man hat gut reden und sich vorhalten, daß man ja bis auf die Bäume und Vögel ganz allein ist; man kann's einfach nicht glauben; wo man sich auch hinwendet, scheint der Ort lebendig und voll spähender Augen. Man glaube ja nicht, daß Umas Märchen mich so unruhig machten. Ich gebe keine fünf Pfennige für Eingeborenengeschwätz; es ist etwas ganz Natürliches, wenn man sich im Busch aufhält, und damit gut.

Als ich mich dem Gipfel der Anhöhe näherte – denn hier steigt der Waldboden steil auf wie eine Leiter –, erhob sich ein ständiger Wind, und die Blätter wogten hin und her und öffneten sich stellenweise, um die Sonne durchzulassen. Das paßte mir schon besser; es war ein ganz gleichmäßiges Geräusch und nichts Beunruhigendes. Nun endlich kam ich an einen Platz, wo es ein Unterholz von sogenannter wilder Kokosnuß gab – verdammt hübsch sieht es aus mit seinen scharlachroten Früchten –, als ich ein Singen und Brausen im Winde hörte, wie ich es noch niemals gehört habe. Was nützte es mir, daß ich mir vorzureden suchte, es sei ja nur ein Vogel; ich wußte, daß kein Vogel so singen konnte. Es stieg und schwoll an und erstarb, nur um von neuem wieder anzuschwellen; und dann dachte ich, es klänge wie Weinen, nur viel schöner, und dann wieder wie Harfenmusik. Aber dessen war ich sicher; es war ein gut Teil zu hübsch, um an einem Orte wie diesem geheuer zu sein. Mag man mich ruhig auslachen, ich erkläre ganz offen, mir kamen die sechs jungen Damen mit ihren roten Halsketten aus der Höhle von Fanga-anaana in den Sinn, und ich fragte mich, ob sie wohl auch so sangen. Wir lachen über die Eingeborenen und ihren Aberglauben, aber man bedenke nur, wie viele Weiße davon angesteckt werden, und zwar prachtvoll gebildete Leute, die daheim Buchhalter und (zum Teil) auch Sekretäre und dergleichen waren. Mein Glaube ist, der Aberglauben schießt in den verschiedenen Ländern empor wie die verschiedenen Sorten Unkraut, und während ich so stand und dem Klagen lauschte, zitterte ich am ganzen Leibe.

Man mag mich ruhig einen Feigling nennen, daß ich es so mit der Angst bekam; ich kam mir jedenfalls sehr mutig vor, daß ich trotzdem weiterschritt. Aber ich tat es sehr vorsichtig, mit gespanntem Hahn, die Augen nach Jägerart überall, völlig darauf gefaßt, irgendwo im Busch auf eine hübsche Weibsperson zu stoßen, und fest entschlossen, es in dem Falle mal mit einer Ladung Schrot zu versuchen. Tatsächlich war ich auch nicht weit gekommen, als etwas Merkwürdiges passierte. Der Wind blies mit einem starken Stoß über die Wipfel hinweg, die Blätter vor mir wurden beiseite gefegt, und eine Sekunde lang sah ich etwas über mir in den Bäumen hängen. Im Nu war es wieder fort, der Stoß war vorüber und die Blätter schlossen sich wieder. Ich sage Ihnen die Wahrheit: ich war darauf gefaßt gewesen, einen Aitu zu sehen, und hätte das Ding wie ein Schwein oder eine Frau ausgeschaut, es hätte mich nicht so erschreckt. Das Sonderbare war, daß es wie quadratisch aussah, und der Gedanke an etwas Quadratisches, das lebendig war und sang, warf mich ganz über den Haufen. Ich muß eine ganze Weile still gestanden sein und überzeugte mich, daß das Singen aus demselben Baume herrührte. Dann kam ich wieder zu mir selber.

»Nun,« sagte ich, »wenn es also wirklich wahr ist und das hier ein Ort ist, wo es viereckige, lebende Wesen gibt, die singen, dann bin ich sowieso erledigt. Dann will ich wenigstens etwas für mein Geld haben.« Aber mir fiel ein, ich könnte ja ebensogut einmal ausprobieren, zu was ein Gebet eigentlich nütze wäre. So ließ ich mich denn auf die Knie fallen und betete laut; und die ganze Zeit über kamen die seltsamen Laute aus dem Baum heraus, und stiegen auf und stiegen ab, und änderten sich und glichen nichts in der Welt so sehr wie Musik, – nur konnte man sehen, daß sie nicht von Menschen war – es war ja nichts da, was so pfeifen konnte.

Sowie ich auf anständige Weise zu Ende gekommen war, legte ich meine Flinte weg, klemmte das Messer zwischen die Zähne, schritt stracks auf den Baum los und begann, hinaufzuklettern. Ich kann Ihnen sagen, mein Herz war wie aus Eis. Aber nach einem Weilchen bekam ich wieder ein Endchen von dem Ding da zu Gesicht, und diesmal war ich sehr erleichtert, denn es sah mir ganz wie ein Kasten aus, und als ich oben angekommen war, fiel ich vor Lachen fast vom Baum herunter.

Es war auch wirklich ein Kasten, und obendrein noch eine Kiste für Lichter, mit der Firmenmarke auf der Außenseite, und drinnen waren Mandolinensaiten eingespannt, die im Winde klingen mußten. Ich glaube, man nennt das Zeug eine »Tiroler Harfe« Anmerkung Stevensons: Äolsharfe. oder dergleichen, wenn ich auch nicht weiß, was man damit sagen will.

»Nun, Mr. Case,« sagte ich, »einmal haben Sie mir 'nen Schrecken eingejagt, aber ich wette mit Ihnen, daß es Ihnen 'n zweites Mal nicht gelingt,« und ich glitt den Baum hinunter und machte mich auf die Suche nach meines Feindes Hauptquartier, das nach meiner Meinung nicht weit weg sein konnte.

Das Unterholz war an dieser Stelle dicht; ich konnte nicht weiter als meine Nase sehen und mußte mir meinen Weg mit Gewalt erzwingen, wobei ich das Messer gebrauchte, die Stränge der Lianen durchschnitt und ganze Bäume mit einem Hieb niedersäbelte. Ich nenne sie Bäume, wegen ihrer Größe, aber in Wirklichkeit war es nur Riesenunkraut und beim Durchschneiden so saftig wie eine Möhre. Von dieser ganzen dichten Vegetation, dachte ich mir, war dieser Ort vielleicht einmal gesäubert gewesen, als ich über einem Haufen Steine auf die Nase purzelte, und ich erkannte im Augenblick, es war ein Werk von Menschenhand. Gott allein weiß, wann er errichtet und im Stich gelassen wurde, denn dieser Teil der Insel hat lange, ehe die Weißen herkamen, unberührt dagelegen. Wenige Schritte dahinter stieß ich auf den Pfad, den ich suchte. Er war schmal, aber ausgetreten, und ich sah, daß Case viele Anhänger hatte. Es scheint in der Tat als eine Art schickes Wagnis gegolten zu haben, sich mit dem Händler hier heraus zu getrauen, und ein Bursche hielt sich erst dann für erwachsen, wenn er erstens: seinen Hintern tätowiert und zweitens: Cases Teufel gesehen hatte. Das sieht den Kanaken wieder mal ähnlich; wenn man's allerdings von der anderen Seite betrachtet, machen es die Weißen eigentlich auch nicht viel besser.

Ein Stückchen weiter runter blieb ich wie angenagelt stehen und mußte mir die Augen reiben. Vor mir stand eine Mauer, der Pfad führte durch eine Bresche hindurch. Sie war verfallen und offenbar sehr alt, aber aus großen, sehr gut vermauerten Steinen. Auf der ganzen Insel gibt es keinen Polynesier, der heute so etwas bauen könnte. Rings auf der Kante waren seltsame Figuren aufgereiht, Götzen oder Vogelscheuchen oder was weiß ich. Sie hatten geschnitzte und bemalte, greuliche Gesichter; Augen und Zähne waren aus Muscheln, ihre Haare und grellen Kleider wehten im Winde, und einige schwankten von der Brise hin und her. Im Westen da unten gibt es Inseln, wo sie auch heute noch diese Art Figuren machen, aber wenn sie mal früher hier hergestellt wurden, so ist der Brauch heute ganz in Vergessenheit geraten, und sogar die Erinnerung daran ist schon lange ausgelöscht. Das Seltsamste aber war, daß alle diese Popanze so frisch waren wie Spielzeug, das eben erst aus dem Laden heraus ist.

Da fiel mir ein, daß Case mir am ersten Tage gegenüber hatte durchblicken lassen, daß er polynesische Kuriositäten gut nachzumachen verstünde, eine Sache, die manchem Händler schon einen ehrlichen Groschen Geld eingebracht hat. Und damit war mir die ganze Sache klar, und wie diese Schaustellung dem Kerl einen doppelten Zweck erfüllte: erstens einmal, seinen Kuriositäten 'nen richtigen, verwitterten Anstrich zu geben, und zweitens, seinem Besucher zu imponieren.

Aber ich muß noch das Allerseltsamste erzählen, nämlich, daß während der ganzen Zeit die Tiroler Harfen um mich herum in den Bäumen dudelten, und noch während ich zuschaute, kam ein grün und gelber Vogel (der wahrscheinlich beim Nestbau beschäftigt war) und fing an, einer der Figuren Haare auszureißen.

Noch weiter unten entdeckte ich die beste Kuriosität in dem ganzen Museum. Das erste, was ich davon zu sehen bekam, war ein länglicher Erdhaufen mit einem Knick in der Mitte. Nachdem ich mit den Händen die Erde abgekratzt hatte, fand ich darunter ein Stück Öltuch über Brettern ausgebreitet, ganz offenbar die Decke zu einem Keller. Er war oben auf dem Hügel gelegen, und der Eingang auf der entgegengesetzten Seite zwischen zwei Felsen eingeklemmt, wie der Eingang zu einer Höhle. Ich ging bis zu dem Knick und sah, als ich um die Ecke blickte, eine leuchtende Fratze. Sie war groß und häßlich, wie eine Pantomimenmaske, und der Schein wurde bald stärker, bald schwächer, und bisweilen rauchte es.

»Aha!« sagte ich, »Phosphorfarbe!«

Ich muß sagen, eigentlich bewunderte ich des Mannes Erfindungsgabe. Mit Hilfe eines Werkzeugkastens und einiger höchst einfacher Mittelchen hatte er einen ganz verfluchten Tempel zusammengebracht. Jeder arme Kanake, der hier in der Dunkelheit hergebracht wurde, während die Harfen um ihn her winselten, und dem man das rauchende Gesicht da unten in dem Loche zeigte, konnte nicht im geringsten zweifeln, daß er auf Lebenszeit genug von Teufeln zu sehen und zu hören bekommen hatte. Es ist ganz leicht, zu erfahren, was die Kanaken so denken. Man braucht sich ja bloß ein bißchen zurückzuversetzen in die Zeit, als man so zehn, fünfzehn Jahre alt war, und man hat 'nen Durchschnittskanaken vor sich. Es gibt unter ihnen fromme, gerade so wie es auch fromme Jungens gibt; und die meisten sind, auch ganz wie die Jungens, nur mäßig ehrlich und finden das Stehlen eigentlich einen Mordsspaß, sind leicht erschreckt und lassen sich auch gerne erschrecken. Ich weiß noch von einem Jungen in der Schule, der solche Case-Scherzchen mit Vorliebe trieb. Wissen tat er gar nichts, der Bengel, können auch nichts; er hatte keine Phosphorfarben und keine Tiroler Harfen. Er erklärte nur ganz rundweg heraus, er sei ein Zauberer, und machte uns halb verrückt vor Angst, und wir hatten es gern. Und dann fiel mir plötzlich ein, wie der Lehrer den Jungen einmal durchgeprügelt hatte und wie erstaunt wir alle waren, daß der Zauberer auch ordentlich Senge bekam wie jeder erstbeste. Da meinte ich:»Ich muß doch herausfinden, wie ich dem Case eins drehen kann.« Und schon hatte ich meine Idee.

Ich ging den Weg zurück, der, wenn man ihn einmal entdeckt hatte, ganz leicht zu finden und sehr gut zu gehen war; und als ich auf den schwarzen Strand hinaustrat, wer lief mir da in den Weg, wenn nicht Meister Case in höchsteigener Person? Ich spannte mein Gewehr und hielt es bei der Hand, und wir marschierten aufeinander los und aneinander vorbei, ohne ein Wort zu reden. Kaum waren wir aber vorüber, als wir uns auch schon umdrehten, so prompt wie die Soldaten beim Exerzieren, und Auge in Auge gegenüberstanden. Beide hatten wir den gleichen Gedanken gehabt, wissen Sie, nämlich, daß der eine dem anderen eine Ladung Blei von hinten draufbrennen könnte.

»Sie haben heute nichts geschossen«, sagte Case.

»Ich bin heute nicht auf Jagd aus«, sagte ich.

»Nun, der Teufel soll Sie holen, was mich betrifft«, sagte er.

»Ich wünsche Ihnen das gleiche«, sagte ich.

Aber wir blieben genau dort stehen, wo wir waren; keine Angst, daß einer von uns sich vom Flecke rührte. Case lachte. »Wir können doch nicht den ganzen Tag hier stehen bleiben«, sagte er.

»Lassen Sie sich durch mich nicht aufhalten«, sagte ich. Wieder lachte er. »Hören Sie mal, Wiltshire, halten Sie mich für einen Dummkopf,« fragte er.

»Eher für einen Schuft, wenn Sie's denn wissen wollen«, sagte ich.

»Nun, glauben Sie etwa, es könnte mir von Nutzen sein, wenn ich Sie hier am offenen Strand erschieße?« sagte er. »Ich nicht. Die Leute kommen jeden Tag her zum Fischen. Vielleicht sind einige Dutzend von ihnen schon in dem Tale dort bei der Kopraernte oder ein anderes halbes Dutzend auf der Anhöhe da hinter Ihnen, nach Wildtauben her. Sie können uns in dieser Minute beobachten, es würde mich gar nicht wundern. Ich gebe Ihnen mein Wort, daß ich Sie nicht erschießen will. Weshalb sollte ich das auch? Sie sind mir gar nicht im Wege. Sie besitzen außer dem, was Sie mit Ihren eigenen Händen wie ein Negersklave selbst geerntet haben, nicht ein Pfund Kopra. Sie vegetieren ja nur – ja, so nenn' ich's – und mir ist es ganz gleichgültig, wo Sie vegetieren und auf wie lange. Geben Sie mir Ihr Wort, daß Sie nicht die Absicht haben, mich zu erschießen, und ich gehe voran und mache, daß ich fortkomme.«

»Nun,« sagte ich, »Sie sind offen und liebenswürdig, nicht wahr? Und ich werde es auch sein. Ich habe nicht die Absicht, Sie heute zu erschießen. Weshalb sollte ich auch? Diese Sache hat erst angefangen; sie ist noch nicht zu Ende, Mr. Case. Etwas haben Sie von mir schon abgekriegt; ich sehe noch heute die Spuren meiner Knöchel auf Ihrer verdammten Stirn, und ich habe mehr für Sie in Vorbereitung. Ich bin kein Krüppel wie Underhill. Ich heiße auch nicht Adams und nicht Vigours, und ich beabsichtige, Ihnen zu zeigen, daß Sie an einen Ebenbürtigen geraten sind.«

»Das sind alberne Redensarten«, sagte er. »Auf diese Weise werden Sie mich hier nicht wegkriegen.«

»Schön,« sagte ich, »bleiben Sie, wo Sie sind. Ich habe es nicht eilig, das wissen Sie ja. Ich kann ganz ruhig einen Tag hier am Strande zubringen, ohne daß es mir was ausmacht. Ich habe keine Kopra, die mir wegläuft. Ich habe auch keine Phosphorfarbe, um die ich mich kümmern muß.«

Es tat mir leid, letzteres gesagt zu haben, aber es entschlüpfte mir, ehe ich es wußte. Ich konnte sehen, wie es ihm den Wind aus den Segeln nahm, und er stand und starrte mich an mit hochgezogenen Augenbrauen. Dann entschloß er sich wohl, der Sache auf den Grund zu gehen.

»Ich nehme Sie beim Wort«, sagte er, drehte sich um und spazierte geradeswegs auf den Teufelsbusch los.

Ich ließ ihn natürlich laufen, denn ich hatte ja mein Wort gegeben. Aber ich beobachtete ihn, solange er noch zu sehen war, und als er verschwand, rannte ich nach Deckung so rasch, wie man es sich nur wünschen konnte, und ging den übrigen Teil des Weges dicht am Busch entlang gedrückt, denn ich traute ihm nicht für fünf Pfennige. Eines war mir klar: ich war ein Esel gewesen, ihn gewarnt zu haben, und das hieß, daß ich, was ich vorhatte, sofort tun mußte.

Man hätte meinen sollen, an Aufregungen hätte ich für den Morgen genug gehabt, aber mir stand noch eine bevor. Sowie ich weit genug um die Landzunge herumgekommen war, um meines Hauses ansichtig zu werden, erkannte ich, daß Fremde dort waren; noch ein paar Schritte, und es konnte überhaupt kein Zweifel darüber herrschen. Einige bewaffnete Posten hockten vor meiner Tür. Ich konnte nur annehmen, daß die Sache mit Uma jetzt zum Klappen gekommen war und daß man die Station besetzt hätte. Was wußte ich, ob sie Uma nicht schon weggeführt hatten und ob die bewaffneten Männer nicht auf der Lauer lagen, um dasselbe mit mir zu tun.

Als ich jedoch näher kam, was im Eiltempo geschah, sah ich, daß ein dritter Insulaner wie ein Gast auf der Veranda Platz genommen hatte und daß Uma als liebenswürdige Wirtin sich mit ihm unterhielt. Noch näher gekommen, erkannte ich den großen jungen Häuptling Maea und daß er abwechselnd lächelte und rauchte. Und was rauchte er gar? Keine von den europäischen Zigaretten, die man nicht mal 'ner Katze anbieten kann, auch nicht den dicken, echten, zum Umwerfen starken einheimischen Artikel, der zur Not, wenn einem die Pfeife kaputt gegangen ist, ganz gut als Zeitvertreib herhält, – sondern eine Zigarre, und zwar eine von meinen Mexikanern, darauf hätte ich schwören können. Bei diesem Anblick fing mein Herz heftig an zu klopfen und eine wilde Hoffnung packte mich, daß das Unglück nun ein Ende genommen hätte und daß Maea zu Besuch gekommen wäre.

Uma zeigte mich ihm, während ich näher kam, und er ging mir wie ein echter Gentleman bis zu meiner eigenen Treppe entgegen.

»Vilivili,« sagte er, – das war noch das Beste, was sie aus meinem Namen machen konnten – »ich mich freuen.« Eins ist klar – will ein Insulanerhäuptling höflich sein, so versteht er sich darauf. Ich kapierte vom ersten Worte an, was los war. Uma brauchte mir gar nicht erst zu erklären: »Er nicht mehr fürchten Ese; er kommen Kopra bringen.« Ich sage Ihnen, ich machte mit dem Kanaken da shakehands, wie mit dem feinsten Gentleman Europas.

Tatsache war, daß er und Case hinter demselben Mädel herwaren, oder daß Maea es wenigstens vermutete und darum beschloß, bei erster Gelegenheit mit Case aufzuräumen. Er hatte sich also angezogen, hatte ein paar seiner Anhänger herausgeputzt und bewaffnet, um die Sache ein bißchen mehr publik zu machen, hatte gewartet, bis Case das Dorf verlassen hatte, und war herumgekommen, um sein ganzes Geschäft mir anzubieten. Und er war ebenso reich wie mächtig. Der Mann da war wohl rund seine fünfzigtausend Nüsse im Jahre wert. Ich bewilligte ihm also den ortsüblichen Preis und noch ein Viertel Cent mehr, und was Kredit anbetrifft, ich hätte ihm mein ganzes Lager und die Ausrüstung noch obendrein vorgeschossen, so freute ich mich, ihn zu sehen. Er kaufte auch wie ein Gentleman, das muß ich sagen; Reis und Konserven und Cakes, um für ein achttägiges Fest auszuhalten, und Stoffe, nur so ballenweise. Er war außerdem sehr liebenswürdig: mit einer gehörigen Portion Humor, und wir saßen eine ganze Weile und tauschten Witze aus, meistens allerdings durch die Dolmetscherin, denn er konnte nur wenig Englisch, und mein Insulanisch war immer noch nicht so, um damit renommieren zu können. Das eine wurde mir klar: er hatte Uma niemals für sonderlich gefährlich gehalten und konnte auch nie viel Angst gehabt haben, sondern hatte aus Schlauheit mitgemacht, und weil er glaubte, daß Case einen starken Einfluß im Dorf ausübte und ihm helfen könnte.

Das brachte mich auf den Gedanken, daß wir beide, er und ich, uns in einer ziemlichen Klemme befanden. Was er getan hatte, war dem ganzen Dorfe zum Trotz geschehen und konnte ihm sein Ansehen kosten. Ja, mehr noch, nach meiner Unterredung mit Case am Strande war ich eigentlich überzeugt, daß es mir im Notfalle sogar das Leben kosten würde. Case hatte ziemlich deutlich durchblicken lassen, daß er mich auslöschen würde, wenn ich jemals irgendwelche Kopra bekäme; bei seiner Rückkehr würde er entdecken, daß das beste Geschäft im Dorf in andere Hände übergegangen war; und das Klügste, was ich machen konnte, war, zu sehen, daß ich ihm mit dem Auslöschen zuvorkam.

»Paß mal auf, Uma,« sagte ich, »sage ihm, es hätte mir leid getan, daß er hätte warten müssen, daß ich aber inzwischen Cases Tiapololaden im Busch inspiziert hätte.«

»Er wollen savvy, ob du nicht haben Angst?« übersetzte Uma.

Ich lachte laut los. »Nicht viel!« sagte ich. »Sage ihm, die ganze Geschichte sei ein verdammter Spielzeugladen und nichts weiter! Sage ihm, in England gäben wir dergleichen Kram den Rangen, um damit zu spielen.«

»Er wollen savvy, ob du Teufel hören singen?« fragte sie weiter.

»Hör mal,« sagte ich, »ich kann's ihm jetzt nicht vormachen, da ich keine Mandolinensaiten auf Lager habe; aber das nächste Mal, daß das Schiff anlegt, werde ich eine von den Einrichtungen gleich hier an meiner Veranda anbringen, und dann kann er selbst sehen, wieviel Teuflisches daran ist. Sage ihm, sobald ich Saiten kriege, werde ich ihm eine für seine Piccaninnies machen. Der Name dafür ist »Tiroler Harfe«; und du kannst ihm sagen, auf Englisch hieße das, daß keiner außer ausgemachten Idioten nur einen Cent dafür hergibt.«

Diesmal war er so erfreut, daß er es wieder einmal auf Englisch versuchte. »Du Wahrheit reden?« fragte er.

»Und ob!« sagte ich. »Wahr wie die Bibel. Bring mal 'ne Bibel her, Uma, wenn du so 'ne Sache hast, und ich werde sie küssen. Oder ich sag dir, was noch besser ist,« meinte ich, einen Anlauf nehmend, »frag ihn, ob er Angst hat, bei Tage selbst dorthin zu kommen?«

Es schien, als wäre dem nicht so; er würde sich in meiner Gesellschaft so weit schon hinauswagen.

»So ist's recht!« sagte ich. »Erzähl ihm, der Mann wäre ein Schwindler und der ganze Ort Mumpitz, und wenn er morgen mit mir dorthin will, würde er sehen, was noch davon übrig geblieben wäre. Aber sage ihm eins, Uma, und sieh zu, daß er's kapiert: Wenn er nicht den Mund hält, wird es unbedingt Case zu Ohren kommen, und dann bin ich ein toter Mann! Ich spiele jetzt sein Spiel, sag ihm das, und wenn er auch nur ein Wort davon ausplaudert, wird mein Blut an seiner Schwelle kleben und ihm für jetzt und später zur Verdammnis gereichen.«

Sie sagte es ihm, und er schüttelte mir darauf kräftig die Hand und erklärte: »Ich nicht reden. Morgen hingehen. Du mein Freund?«

»Nee, Herr,« sagte ich, »keinen Unsinn, bitte. Ich bin hierher gekommen, um Geschäfte zu machen, nicht um Freundschaft zu schließen. Aber was Case anbetrifft, so werde ich den Mann schon in die Ewigkeit expedieren!«

Damit zog Maea davon, und zwar höchst befriedigt, wie ich sehen konnte.

Fünftes Kapitel

Nacht im Busch

Nun, jetzt war der Würfel gefallen; Tiapolo mußte noch vor morgen gestürzt werden, und ich hatte alle Hände voll zu tun, nicht nur mit Vorbereitungen, sondern auch mit Reden. Mein Haus glich einem Debattierklub: Uma war außer sich, daß ich bei Nacht in den Busch wollte, und überzeugt, ich würde, wenn ich ginge, nie wiederkehren. Man kennt ja ihre Art Logik: eine Probe davon hat man in der Sache von der Königin Viktoria und dem Teufel kennengelernt; und man kann sich denken, daß ich, als es Abend wurde, die Sache satt hatte.

Schließlich kam ich auf eine gute Idee. Was hatte es für einen Zweck, ihr meine Perlen vor die Füße zu werfen? Eine Portion ihres eigenen Heus, dachte ich mir, würde wahrscheinlich viel wirkungsvoller sein.

»Ich will dir was sagen,« sagte ich. »Hol mal deine Bibel her, und ich werde sie mitnehmen. Das wird alles in Ordnung bringen.«

Sie schwor, eine Bibel hätte gar keinen Zweck.

»Das ist wieder mal so deine Kanakenunwissenheit,« sagte ich. »Bring die Bibel nur her.«

Sie brachte sie, und ich schlug das Titelblatt auf, wo, wie ich hoffte, etwas auf Englisch stehen würde, und so war es auch. »Da!« sagte ich. »Sieh dir das an! ›London: Gedruckt für die britische und ausländische Bibel-Gesellschaft, Blackfriars‹, und das Datum, das ich aber nicht lesen kann, da es in lauter X geschrieben ist. In der ganzen Hölle gibt es keinen Teufel, der es mit der Bibelgesellschaft in Blackfriars aufnehmen könnte. Du dummes Gänschen, wie meinst du denn, werden wir mit unseren Aitus daheim fertig? Das macht alles die Bibelgesellschaft!«

»Ich denken, Ihr keine haben,« sagte sie. »Weißer Mann, er mir sagen, Ihr keine haben.«

»Klingt's sehr wahrscheinlich, nicht wahr?« fragte ich. »Weshalb soll es auf diesen Inseln davon wimmeln und wir in Europa keine haben?«

»Nun, Ihr keine Brotfrucht haben,« sagte sie.

Ich hätte mir die Haare ausraufen können. »Hör mal zu, Alte,« sagte ich, »halt jetzt den Mund. Ich habe es satt. Ich werde die Bibel mitnehmen, was die Sache so richtig machen wird wie die Post, und das ist das Letzte, was ich zu sagen habe.

Die Nacht war ganz außergewöhnlich dunkel, denn bei Sonnenuntergang waren Wolken aufgezogen und hatten alles überschattet. Kein Stern war zu sehen; es gab nur ein Zipfelchen Mond und das würde nicht vor Mitternacht herauskommen. In der Nähe des Dorfes war es durch die Lichter und Feuer in den offenen Häusern und die Fackeln der vielen Fischer am Strande zwischen den Riffen so hell wie bei einer Illumination; aber das Meer und die Berge und Wälder waren reinweg verschwunden. Es mag wohl acht gewesen sein, als ich mich, beladen wie ein Packesel, auf den Weg machte. Da war erstens die Bibel, ein Buch, so groß wie mein Kopf, die ich Narr mir aufgehalst hatte. Dann mein Gewehr, mein Messer, eine Laterne und Patentstreichhölzer – alles notwendige Sachen. Und dann noch die eigentlichen Werkzeuge, die dazu gehörten: eine gehörige Portion Schießpulver, ein paar mit Dynamit geladene Fischbomben und zwei oder drei Endchen langsam brennender Zündschnur, die ich aus meinen Blechkisten herausgeholt und so gut wie möglich zurechtgemacht hatte; denn die Zündschnur war nur für den Handel gefertigt, und man wäre verrückt gewesen, sich darauf zu verlassen. Alles in allem hatte ich also Stoff zu einer ganz sauberen Sprengung beisammen! Unkosten machte mir gar nichts, ich wollte die Sache auf richtige Weise erledigt wissen.

So lange ich auf freier Fläche war und mich nach der Lampe in meinem Hause richten konnte, ging alles gut. Aber als ich den Pfad erreichte, wurde es so dunkel, daß ich gar nicht vorwärtskommen konnte. Ich rannte gegen die Bäume und fluchte wie einer, der in seinem Schlafzimmer nach Streichhölzern sucht. Ich wußte, es war riskant, Licht zu machen, da meine Laterne den ganzen Weg bis zur Landzunge sichtbar sein würde, und da keiner je nach Dunkelheit dorthin ging, würde man davon reden und es Case zu Ohren bringen. Aber was sollte ich tun? Entweder mußte ich die Sache aufgeben und mich vor Maea blamieren oder Licht machen und es drauf

ankommen lassen und sehen, so rasch wie möglich mit der Geschichte zu Ende zu kommen.

Solange ich auf dem Wege war, schritt ich frisch drauf los, als ich
aber den schwarzen Strand erreichte, mußte ich laufen, denn es war
dicht vor der Flut, und wenn ich mit meinem Schießpulver trocken
zwischen der Brandung und der steilen Anhöhe vorbeikommen
wollte, galt es die Beine in die Hand zu nehmen. Selbst so reichte
das Wasser mir bis an die Knie, und beinah wäre ich über einen
Stein gestolpert. Die ganze Zeit über machten die Eile, die ich hatte,
und der Meergeruch mich munter; als ich aber erst mal im Busch
war und den Pfad hinaufzusteigen begann, ließ ich mir schon mehr
Zeit. Das Unheimliche des Waldes hatte in meinen Augen durch
Meister Cases Mandolinensaiten und geschnitzte Götzenbilder
ziemlich gelitten; trotzdem kam mir der Weg recht ermüdend vor,
und ich vermutete, daß Cases Anhänger, wenn sie dorthin gingen,
nicht wenig Angst hätten. Das Licht der Laterne ließ den Ort, wenn
es auf alle diese Stämme und gegabelten Äste und gekrümmten
Tauenden von Lianen fiel, als eine Art Irrgang voll huschender
Schatten erscheinen. Sie kamen einem entgegen, eilig und greifbar,
wie leibhaftige Riesen, und schossen wieder weg und verschwan-
den; sie schwebten einem zu Häupten wie Keulen und flogen wie
Vögel in der Dunkelheit davon. Der Boden des Buschs leuchtete
von totem Holz, wie eine Streichholzschachtel, wenn man ein Hölz-
chen dran gerieben hat. Schwere, kalte Tropfen fielen wie Schweiß-
perlen von den Zweigen. Einen richtigen Wind gab's nicht; nur eine
leichte, eiskalte Landbrise, die nichts in Bewegung setzte, und die
Harfen schwiegen.

Die erste Pause, die ich machte, war, als ich das Gestrüpp von
wilden Kokosnüssen hinter mir hatte und die Popanze auf der
Mauer vor mir stehen sah. Mächtig sonderbar sahen sie aus im La-
ternenlicht, mit ihren bemalten Gesichtern und Muschelaugen und
hängenden Haaren und Gewändern. Einen nach dem anderen riß
ich heraus und häufte sie zu einem Ballen auf dem Kellerdache, daß
sie zusammen mit allem anderen zur Ewigkeit eingingen. Dann
wählte ich eine Stelle hinter einem der großen Steine am Eingang,
grub dort mein Pulver und die beiden Bomben ein und legte meine
Zündschnur aus. Und dann sah ich zum Abschied noch einmal auf
den rauchenden Kopf. Er war schönstens im Gange.

»Nur Mut,« sagte ich, »du bist erledigt.«

Zuerst hatte ich den Gedanken, sie anzustecken und nach Hause zu gehen, denn die Dunkelheit und das Leuchten des toten Holzes und die Schatten der Laterne machten, daß ich mich einsam fühlte. Aber ich wußte, wo eine der Harfen hing. Es tat mir leid, daß sie nicht auch den Weg des andern wandern sollte. Gleichzeitig mußte ich mir aber eingestehen, daß ich todmüde von meiner Arbeit war und am liebsten zu Hause hinter verschlossenen Türen gewesen wäre. Ich trat aus dem Keller heraus und überlegte es mir hin und her. Das Meer hörte ich weit unter mir an der Küste. Ich hätte das einzige lebende Wesen diesseits von Kap Horn sein können. Als ich so in Gedanken dastand, schien der Busch gleichsam zu erwachen und sich mit allerlei Geräuschen anzufüllen. Kleine Geräusche waren es und harmlose – ein leises Knacken und Rascheln – aber der Atem blieb mir im Halse stecken und meine Kehle wurde so trocken wie Biskuit. Nicht, daß ich vor Case Angst hatte, was doch ganz begreiflich gewesen wäre. Ich dachte gar nicht an Case. Was mich so packte, scharf wie die Kolik, waren die Altweibergeschichten von den Teufelsfrauen und dem Menscheneber. Um ein Haar wäre ich davongelaufen: aber ich nahm mich zusammen, trat vor und hielt (Narr, der ich war) die Laterne hoch, um mich rund umzusehen.

In der Richtung des Dorfes und des Pfades war nichts zu sehen, aber als ich mich nach dem Waldinnern wandte, war es ein Wunder, daß ich nicht umfiel. Da, schnurstracks aus der Einöde und dem verrufenen Busch heraus, – da – meine Augen täuschten mich nicht – kam ein Teufelsweib auf mich losspaziert, gerade so wie ich sie mir vorgestellt hatte. Ich sah das Licht auf ihren nackten Armen glänzen und ihre leuchtenden Augen; und ein Schrei entfuhr mir, der wie ein Todesschrei war.

»Ah! Nicht schreien!« sagte das Teufelsweib in einer Art aufgeregtem Flüstern. »Warum du reden mit großer Stimme? Lösche Licht aus! Ese, er kommen.«

»Gott, der Allmächtige, Uma, bist du es?« fragte ich.

»Joe,« sagte sie. »Ich rasch kommen. Ese, er bald hier sein.«

»Du kommst allein?« fragte ich. »Du nicht Angst haben?«

»Ah, zu viel Angst!« flüsterte sie und packte mich. »Ich glauben, ich sterbe.«

»Nun,« sagte ich und lächelte quasi idiotisch, »mir kommt es nicht zu, Sie auszulachen, Mrs. Wiltshire, denn ich glaube, mehr Angst als ich hat wohl kein Mann hier im Pazifik.«

Sie erzählte mir in zwei Worten, was sie hergeführt hatte. Ich war kaum weggegangen, als, wie es scheint, Fa'avao herbeigerannt kam. Die Alte war dem Schwarzen begegnet, wie er, so schnell ihn die Beine tragen wollten, von unserm Haus zu Case lief. Uma redete keinen Ton und zögerte auch keinen Augenblick, sondern machte sich auf und davon, um mich zu warnen. Sie war so dicht hinter mir, daß die Laterne ihr am Strande entlang als Führer diente, und später erkannte sie aus dem Widerschein in den Bäumen die Richtung den Berg hinauf. Erst als ich oben angelangt in den Keller hinabgestiegen war, irrte sie, der Himmel weiß wo, umher und verlor so kostbare Zeit in ihrer Angst zu rufen, da sie Case dicht hinter sich vermutete. So stolperte sie im Busch hin und her und war ganz braun und blau geschlagen. Das muß gewesen sein, als sie sich zu weit nach Süden verlor und mich dann von der Flanke her erwischte, um mich zu erschrecken, wie ich es nie und nimmer beschreiben kann.

Nun, alles war besser als ein Teufelsweib; immerhin kam mir ihre Geschichte noch ernst genug vor. Der Schwarze Jack hatte von Rechts wegen nichts an meinem Hause zu suchen, es sei denn, daß man ihn als Wache aufgestellt hatte, und mir sah es ganz so aus, als hätten meine dumme Bemerkung mit der Farbe und vielleicht auch irgendeine Klatscherei Maeas uns in eine gehörige Klemme versetzt. Eines war klar: Uma und ich mußten die Nacht über hier bleiben; wir wagten uns nicht vor Tagesanbruch nach Hause, und selbst dann würde es sicherer sein, um den Berg herumzugehen und von hinten herum das Dorf zu betreten, um nicht in einen Hinterhalt hineinzuspazieren. Es war auch klar, daß die Mine sofort angezündet werden mußte, sonst würde Case es vielleicht noch rechtzeitig verhindern können.

Ich marschierte in den Tunnel hinein, während Uma sich fest an mich klammerte, öffnete meine Laterne und steckte die Zündschnur an. Der erste Teil brannte ab wie'n Stück Papier, und ich stand ganz stumpfsinnig daneben und schaute zu und dachte mir, wir würden nun wohl mit Tiapolo in die Luft fliegen, was eigentlich gar nicht meine Absieht war. Die zweite brannte schon richtiger, wenn auch immer noch rascher, als mir gerade lieb war; und damit raffte ich mich zusammen, zerrte Uma aus dem Gang heraus, blies die Laterne aus und ließ sie fallen, und beide tasteten wir uns in den Busch hinein, bis ich uns in Sicherheit glaubte, und legten uns dann dicht nebeneinander unter einem Baume nieder.

»Alte,« sagte ich, »die heutige Nacht werde ich dir nicht vergessen. Du bist ein Prachtkerl, das ist, was du bist.« Sie drängte sich dicht an mich. Sie war so, wie sie stand und ging, weggelaufen, mit nichts an außer ihrem Röckchen und war jetzt ganz naß vom Tau und der See auf dem schwarzen Strande, so daß sie vor Kälte und Furcht vor der Dunkelheit und den Teufeln am ganzen Leibe zitterte.

»Zu viel Angst,« war alles, was sie sagte.

Der hintere Abhang von Cases Anhöhe fällt fast so steil wie eine Schlucht ins nächste Tal hinab. Wir waren unmittelbar an ihrem Rande und ich konnte das tote Holz glimmen sehen und das Meer weit unter uns hören. Die Lage gefiel mir nicht, da sie uns keinen Weg zum Rückzug ließ, aber ich fürchtete mich zu wechseln. Dann sah ich, daß ich einen noch schlimmeren Fehler mit der Laterne begangen hatte, die ich hätte brennen lassen sollen, so daß ich Case eins hätte draufbrennen können, wenn er in ihren Lichtkreis trat. Und selbst wenn ich dazu nicht die Geistesgegenwart gehabt hätte, schien es doch sinnlos, eine gute Laterne zurückzulassen, um sie mit den geschnitzten Götzenbildern in die Luft zu sprengen. Das Ding gehörte ja schließlich mir und hatte einen gewissen Wert und könnte sich noch mal als nützlich erweisen. Hätte ich mich auf die Zündschnur verlassen können, so wäre es ja noch möglich gewesen, zurückzulaufen und sie zu retten. Aber wer konnte mit der Zündschnur rechnen? Man weiß ja, was Austauschwaren für ein Zeug sind. Der Plunder war gut genug für die Kanaken beim Fischen, wo sie überhaupt höllisch aufpassen müssen, und wo sie schlimmstenfalls riskieren, daß ihnen 'ne Hand abgerissen wird. Aber für jemanden, der mit 'ner regulären Sprengung wie meiner da seine

Witzchen treiben wollte, – für den war die Zündschnur Schund und nichts weiter.

Alles in allem war's das Gescheiteste, still zu liegen, die Büchse immer in Bereitschaft und die Explosion abzuwarten. Aber so'n bißchen feierlich war einem dabei doch zumute. Die Schwärze der Nacht war fast greifbar; das einzige, was zu sehen war, war das häßliche, unheimliche Glimmen des toten Holzes, und das zeigte einem auch nichts anderes; und was Geräusche anbetrifft, so spitzte ich die Ohren, bis ich meinte, ich müßte die Zündschnur im Tunnel abbrennen hören. Jener Busch war so still wie das Grab. Hin und wieder gab es wohl ein leises Knacken; aber ob das in der Nähe oder weit fort war, ob es von Case herrührte, der ein paar Meter weg von mir herumstolperte, oder von einem drei Meilen entfernten, stürzenden Baum, wußte ich so wenig wie ein neugeborenes Kind.

Und dann, ganz plötzlich, ging der Vesuv los. Er hatte lange auf sich warten lassen; aber als es endlich soweit war, hätte niemand (obwohl 's mir nicht zukommt, es zu sagen) sich eine bessere Explosion wünschen können. Zuerst gab es nur einen mordsmäßigen, ohrenzerreißenden Krach und eine hochaufschießende Flamme, und der Wald wurde so hell, daß man hätte lesen können. Und dann fing es an, ungemütlich zu werden. Uma und ich wurden unter einer Wagenladung Erde halb begraben und waren obendrein noch froh, so gelinde davonzukommen, denn einer der Steine am Eingang des Tunnels wurde kerzengerade in die Luft geschleudert, kam ein paar Faden vom Ort entfernt, wo wir lagen, zu Fall, sprang über den Bergrand hinüber und polterte ins Nachbartal hinab. Ich sah, daß ich entweder unsere Entfernung unterschätzt oder die Menge des Dynamits oder Pulvers, wie man's nun will, übertrieben hatte.

Und allmählich erkannte ich, daß ich noch einen anderen Fehler begangen hatte. Der Lärm der ganzen Geschichte begann abzuflauen unter Zittern und Stößen der Insel; die Illumination war vorbei, dennoch kehrte die Nacht nicht zurück, wie ich erwartet hatte. Denn im ganzen Gehölz verstreut lagen rote Asche und Feuerbrände von der Explosion; sie lagen ringsum mit auf dem Boden herum, einige waren runter ins Tal gestürzt, andere wieder in den Baumwipfeln stecken geblieben, wo sie weiterflammten. Vor Feuer hatte ich keine Angst, denn diese Wälder sind zu naß, um zu brennen; aber das Schlimme war, daß der Ort ringsum erleuchtet wurde – zwar nicht sehr hell, aber doch gut genug, um einen Schuß abzugeben, und so wie die Kohlen verstreut waren, konnte Case ebensogut im Vorteil sein wie ich. Überall spähte ich nach seinem bleichen Gesicht aus, das mag man mir glauben; aber nirgends war ein Zeichen von ihm zu sehen. Was Uma anbetrifft, so schien das Krachen und Flammen ihr das Lebenslicht einfach ausgeblasen zu haben.

Ein schlimmer Punkt war an der ganzen Sache. Eins der verflixten Götzenbilder war keine vier Meter von mir weg mit brennenden Haaren und Gewändern, ganz in Flammen aufgelöst, niedergegangen. Ich warf einen höllisch scharfen Blick rings umher; noch immer war kein Case in Sicht, und ich beschloß, mich des brennenden Knüppels da zu entledigen, ehe er kam, sonst würde er mich wie 'n Hund dort auf der Stelle niederschießen.

Mein erster Gedanke war, hinüberzukriechen, und dann dachte ich wieder, daß Schnelligkeit die Hauptsache sei, und richtete mich halb auf, um vorwärts zu stürzen. Im selben Augenblick blitzte es irgendwo zwischen mir und der See auf, ein Schuß ging los und eine Gewehrkugel kreischte an meinem Ohr vorbei. Ich drehte mich auf der Stelle um und hielt meine Büchse hoch, aber die Bestie hatte einen Winchester, und ehe ich ihn auch nur zu Gesichte bekommen konnte, warf mich sein zweiter Schuß wie 'n Kegel über den Haufen. Es war, als flöge ich in die Luft, dann sauste ich wieder zu Boden und blieb da eine halbe Minute ganz benommen liegen; und dann entdeckte ich, daß meine Hände leer waren und daß mein Gewehr im Fallen über meinen Kopf geflogen war. In einer Klemme zu stecken, wie ich es momentan tat, spitzt einem aber schon gewaltig die Sinne. Ich wußte kaum, ob ich verwundet war oder nicht, und schon hatte ich mich auf den Bauch gedreht, um meiner Waffe nachzuschleichen. Wenn man aber nie versucht hat, sich mit einem zerschmetterten Bein vorwärts zu bewegen, dann ahnt man nicht, wie weh das tut, und so stieß ich denn ein Gebrüll aus wie von 'nem Stier.

Das war das unglückseligste Geräusch, das ich in meinem Leben gemacht habe. Bis dahin hatte Uma sich, vernünftig wie sie war, an ihren Baum gehalten, denn sie wußte ja, daß sie nur im Wege war; aber sobald sie mich schreien hörte, stürzte sie auf mich los. Da krachte der Winchester noch einmal, und schon lag sie auf dem Boden.

Ich hatte mich, trotz meines Beines, hingesetzt, um sie aufzuhalten; als ich sie aber fallen sah, sank ich wieder hin, wo ich war, blieb still liegen und tastete nach dem Griff meines Messers. Vordem war ich aufgeregt und verwirrt gewesen. Nichts mehr davon! Er hatte mein Mädel niedergeknallt, das sollte er mir büßen; und ich lag da zähneknirschend und überlegte mir die Chancen. Mein Bein war gebrochen, mein Gewehr fort. Case hatte immer noch zehn Schuß in seinem Winchester. Beinah sah es wie 'n hoffnungsloses Geschäft aus. Aber keinen Augenblick lang verzweifelte ich oder dachte ich dran, zu verzweifeln: jener Mann da mußte hinüber.

Eine ganze Weile lang rührte sich keiner von uns beiden. Dann hörte ich Case sich mit äußerster Vorsicht dem Busche nähern. Das Götzenbild war ausgebrannt; es war nur hier und da noch einige Asche übrig geblieben, und der Wald war in der Hauptsache dunkel, nur mit einem letzten matten Glimmen, wie ein Feuer, das dicht vorm Auslöschen ist. Bei diesem Schein entdeckte ich Cases Kopf, der über einen großen Farnkrautbüschel hinweg zu mir hinüberstarrte; im gleichen Augenblick hatte die Bestie mich auch schon gesehen und seinen Winchester angeschlagen. Ich lag ganz ruhig und sah quasi direkt in die Mündung hinein; es war meine letzte Chance, und ich dachte, mein Herz würde mir aus der Brust springen. Dann schoß er. Zum Glück war es keine Jagdflinte, denn die Kugel ging einen Zoll vor mir nieder und spritzte mir den Dreck in die Augen.

Man versuche es einmal, still zu liegen und einen anderen sitzend auf einen abzielen und nur um ein Haar verfehlen zu lassen. Ich tat es, und das war mein Glück. Eine Weile lang stand Case mit seinem Winchester im Anschlag; dann lachte er leise zu sich selbst und trat hinter den Farnen hervor.

»Lache du nur!« dachte ich. »Hättest du auch nur so viel Verstand wie 'ne Laus, du würdest lieber beten!« Ich war so gespannt wie 'n Kabeltau oder wie die Feder in einer Uhr, und sowie er in Reichweite von mir war, hatte ich ihn schon am Fußgelenk, riß ihm die Beine förmlich unter dem Leibe fort, legte ihn platt hin auf den Boden und war auf ihm drauf, trotz des gebrochenen Beines, ehe er noch überhaupt Atem holen konnte. Sein Winchester war denselben Weg wie mein Gewehr gewandert; mir bedeutete es nichts mehr – er konnte mir jetzt den Buckel lang rutschen. Ich bin ein ziemlich kräftiger Mann, aber ich wußte gar nicht, was Kraft ist, bis ich Case unter mir hatte. Er war reineweg alle durch den Krach, mit dem er heruntersegelte, und warf beide Hände hoch wie 'n erschrockenes Weib, so daß ich sie beide mit meiner Linken packen konnte. Das machte ihn lebendig, und er biß sich in meinen Unterarm fest wie 'n Wiesel. Was ich danach schon fragte! Mein Bein machte mir schon alle Schmerzen, die ich brauchen konnte, und so zog ich denn mein Messer und brachte es an die richtige Stelle.

»So,« sagte ich, »jetzt hab ich dich; du bist erledigt, und eine saubere Geschichte haben wir damit gemacht! Fühlst du die Spitze da? Das ist für Underbill! Und das ist für Adams! Und das hier ist für Uma, und das wird deine verdammte Seele zur Hölle schicken!«

Und damit gab ich ihm den kalten Stahl so tüchtig ich es nur irgend konnte. Sein Körper zappelte unter mir wie 'n Sprungfedersofa; er stieß eine Art furchtbares, langgezogenes Stöhnen aus und lag ganz still.

»Ob er wohl tot ist? Hoffentlich,« dachte ich, denn mir schwindelte. Aber ich wollte kein Risiko laufen, sein eigenes Beispiel stand mir dazu noch zu dicht vor Augen, und ich versuchte, das Messer aus ihm herauszuziehen, um es ihm noch einmal zu geben. Das Blut spritzte mir über die Hände, weiß ich noch, heiß wie Tee; und damit fiel ich glatt in Ohnmacht und sank, meinen Kopf auf des Mannes Mund, vornüber.

Als ich wieder zu mir kam, war es stockfinster; die Asche war ausgebrannt. Nichts war zu sehen außer dem leuchtenden toten Holz, und ich konnte mich nicht erinnern, wo ich war, noch weshalb ich solche Schmerzen hatte und wovon mir so naß war. Dann kam mir alles wieder, und das erste, was ich tat, war, ihm noch ein halbes dutzendmal das Messer zu geben, bis zum Heft hinein. Ich glaube, er war schon tot, aber ihm konnte es nichts schaden und mir tat's gut. »Ich wette, daß du jetzt tot bist,« sagte ich, und dann rief ich nach Uma.

Keine Antwort, und ich machte eine Bewegung, um mich zu ihr hinzutasten, stieß auf mein gebrochenes Bein und fiel noch einmal in Ohnmacht.

Als ich das zweitemal zu mir kam, waren die Wolken alle verflogen, ganz wenige ausgenommen, die weiß wie aus Baumwolle dahinsegelten. Der Mond stand hoch – ein tropischer Mond. Zu Hause taucht der Mond einen Wald ganz in Schwarz, hier aber malte dieses alte Exemplar von einer Prachtfunsel das Gehölz so grün wie am Tage. Die Nachtvögel – vielmehr sind sie eine Art frühe Tagvögel – ließen ihren langen, gleitenden Ruf ertönen, wie Nachtigallen, und ich konnte den Toten, auf den ich mich immer noch halb stützte, geradewegs mit offenen Augen in den Himmel starren sehen, keine Spur bleicher als im Leben; und ein Stückchen von ihm entfernt lag Uma auf der Seite ausgestreckt. Ich arbeitete mich zu ihr hin, so gut es ging, und als ich sie erreicht hatte, war sie bei voller Besinnung und schluchzte und weinte in sich hinein mit nicht mehr Lärm als von 'ner Fliege. Es scheint, daß sie sich fürchtete, laut zu weinen, von wegen der Aitus. Im großen und ganzen war sie nicht schwer verletzt, aber sie hatte vor Furcht fast den Verstand verloren. Sie war schon vor einer ganzen Weile wieder zu sich gekommen, hatte nach mir gerufen und keine Antwort bekommen, hatte sich und mich für tot geglaubt und die ganze Zeit über aus Angst ganz mucksmäuschenstill gelegen. Die Kugel hatte ihr die Schulter aufgerissen und starken Blutverlust hervorgerufen; ich hatte sie aber bald mit Hilfe meines Hemdzipfels und meiner Krawatte so verbunden, wie es sich gehört, lehnte ihren Kopf auf mein gesundes Knie und meinen Rücken gegen einen Baumstamm und machte mich nun daran, den Morgen abzuwarten. Uma war für nichts zu haben, konnte sich nur an mich klammern und zitterte und schluchzte. Es hat wohl niemals ein verängstigteres Geschöpf gegeben, und, um die Wahrheit zu sagen, die Nacht war für sie ja auch recht lebhaft gewesen. Was mich betrifft, so hatte ich gehöriges Fieber und nicht wenig Schmerzen, aber wenn ich stillsaß, war es nicht gar so schlimm, und jedesmal, wenn ich zu Case hinüberschaute, hätte ich singen und pfeifen können. Was war mir Essen und Trinken! Den Mann da mausetot vor mir liegen zu sehen, machte mich satt. Die Nachtvögel schwiegen ein Weilchen, und dann begann das Licht sich zu ändern. Der Osten wurde orangefarben, der ganze Wald fing vor lauter Singen an zu summen wie eine Spieluhr, und da war es auch schon heller Morgen.

Maea erwartete ich auf lange Zeit hinaus noch nicht zu sehen; ja, ich hielt es sogar für möglich, daß er den ganzen Gedanken wieder aufgeben und gar nicht kommen würde. Um so erfreuter war ich, als ich rund eine Stunde nach Tagesanbruch Zweige knacken und eine Menge Kanaken lachen und singen hörte, um sich Mut zu machen. Uma setzte sich schon bei dem ersten Wort ganz munter aufrecht, und bald sahen wir eine größere Gesellschaft unter Führung Maeas, der von einem Weißen im Tropenhelm gefolgt war, nacheinander den Pfad heraufkommen. Es war Mr. Tarleton, der spät in der Nacht nach Falesa gekommen war. Sein Boot hatte er zurückgelassen und die letzte Strecke zu Fuß mit einer Laterne zurückgelegt.

Sie begruben Case auf dem Felde der Ehre, direkt in dem Loch, in dem er den rauchenden Kopf aufbewahrt hatte. Ich wartete, bis die Sache vorbei war, und Mr. Tarleton betete, was ich für Humbug hielt, wenn ich auch sagen muß, daß er kein allzu rosiges Bild von des teuren Verblichenen nächster Zukunft entwarf und über die Hölle so seine eigenen Ideen zu haben schien. Ich stellte ihn später zur Rede, sagte ihm, er wäre seiner Pflicht ausgewichen, und daß er von Rechts wegen hätte aufstehen und den Kanaken gegenüber rund heraus erklären müssen, Case wäre verdammt und es sei gut, daß wir ihn los wären; aber ich konnte ihn niemals dazu bringen, die Sache mit meinen Augen zu sehen. Dann machten sie eine Tragbahre aus Baumstämmen und trugen mich nach der Station. Mr. Tarleton schiente mein Bein, und eine reguläre, schöne Missionspfuscherei hat er draus gemacht, sodaß ich bis auf den heutigen Tag noch hinke. Als das erledigt war, nahm er meine Aussage zu Protokoll und die von Uma und Maea auch, und schrieb sie ganz sauber aus und ließ uns sie unterzeichnen; und dann versammelte er die Häuptlinge und marschierte zu Papa Randall hinüber, um Cases Papiere zu beschlagnahmen.

Alles, was man fand, war ein Stückchen Tagebuch, das er schon seit Jahren führte, und das nur von Koprapreisen und gestohlenen Hühnern und dergleichen handelte, und außerdem noch die Geschäftsbücher und das Testament, von dem ich zu Anfang erzählt habe, laut dem die ganze Sache (mit allem Drum und Dran) dem

Samoaweib gehörte. Ich war's, der sie zu einem sehr anständigen Preis auskaufte, denn sie hatte es eilig, nach Hause zu kommen. Was Randall und den Schwarzen anbetrifft, so mußten sie sich aus dem Staube machen; irgend eine Art Station haben sie hinten nach Papa-Malulu zu bekommen, und sehr schlechte Geschäfte haben sie gemacht, da, um die Wahrheit zu sagen, keiner von beiden dazu imstande war, und so lebten sie denn in der Hauptsache von Fischen, was die Ursache zu Randalls Tod wurde. Es scheint, daß eines Tages ein recht schöner Zug dahergekommen ist, und Papa machte sich mit Dynamit dahinter her, und entweder brannte die Schnur zu rasch ab oder Papa war wieder einmal zu voll oder vielleicht war auch beides der Fall. Jedenfalls ging die Bombe los (in der üblichen Art), noch ehe er sie geworfen hatte, – und wo blieb Papas Hand? Nun, daran ist ja nichts weiter Schlimmes; die Inseln im Norden sind voll von lauter Einhändigen, wie die Leute da in »Tausend und eine Nacht«; aber entweder war der Randall schon zu alt oder er trank zuviel. Das Ende vom Liede war jedenfalls, daß er starb. Sehr bald darauf wurde der Neger von der Insel fortgejagt, weil er bei Weißen gestohlen hatte, und er ging nach Westen, wo seine gleichfarbigen Landsleute ihn aufgriffen und bei irgend einer feierlichen Gelegenheit verspeisten, und hoffentlich hat er ihnen gut geschmeckt!

Und da war ich nun allein in meiner Herrlichkeit in Falesa; und als der Schoner das nächste Mal herankam, füllte ich ihn mit meiner Ware voll und gab ihm noch eine Deckladung mit, halb so hoch wie'n Haus. Ich muß sagen, Mr. Tarleton hat sich anständig zu uns benommen, aber er verlangte dafür 'ne recht schäbige Art Revanche.

»Also, Herr Wiltshire,« sagte er, »ich habe Sie jetzt mit allen hier ausgesöhnt. Es war nicht einmal schwer, jetzt wo Case erledigt ist; aber ich habe es nun mal getan und außerdem mein Wort dafür verpfändet, daß Sie die Einheimischen nicht übers Ohr hauen werden. Ich muß Sie daher bitten, mein Versprechen einzulösen.«

Ich habe es auch getan. Zwar machte mir meine Bilanz Sorgen, aber ich berechnete mir die Sache folgendermaßen: Wir haben ja alle miteinander etwas komische Bilanzen, was die Eingeborenen ganz genau wissen und ihre Kopra dementsprechend wässern, so daß zum Schluß jeder zu seinem Rechte kommt. Aber um die Wahrheit zu sagen, die Sache ließ mir keine Ruhe, und obwohl ich in Falesa gute Geschäfte machte, war ich eigentlich ganz froh, als die Firma mich nach einer anderen Station versetzte, wo ich durch keinerlei Versprechen gebunden war und meiner Bilanz wieder ehrlich ins Gesicht schauen konnte.

Was meine Alte betrifft, so kennen Sie sie ja ebensogut wie ich; sie hat nur einen Fehler. Wenn man nicht ein Auge auf sie hätte, würde sie einem das Dach vom Kopf weg schenken. Na, das scheint den Kanaken so im Blute zu liegen. Sie ist eine große, stattliche Frau geworden und könnte jetzt einen Londoner Bobby bequem über die Schulter werfen. Aber das liegt den Kanaken auch im Blute, und darüber, daß sie eine Ia Frau ist, kann gar kein Zweifel bestehen.

Mr. Tarleton ist, nachdem seine Zeit hier zu Ende war, wieder nach Hause gereist. Er war der beste Missionar, der mir je in den Weg gelaufen ist, und heute soll er irgendwo in Somerset den Pfarrer mimen. Nun, für ihn ist es am besten so; dort hat er wenigstens keine Kanaken, die ihn halb verrückt machen.

Mein Wirtshaus? Keine Rede davon, und es wird wohl auch niemals die Rede davon werden. Ich sitze hier so ziemlich fest, scheint mir. Ich mag die Rangen nicht im Stich lassen, verstehen Sie; und – es hat ja keinen Zweck, sich was vorzumachen – hier sind sie besser aufgehoben als unter Weißen, wenn auch Ben den Ältesten nach Auckland mitgenommen hat, wo er die allerfeinste Erziehung erhält. Was mir Kopfzerbrechen macht, sind die Mädels. Sie sind natürlich nur Halbblut; darüber bin ich mir genau so klar wie Sie, und es gibt auch niemanden, der weniger von Halbblut hält wie ich. Aber es sind die meinen, und ich habe keine anderen. Und ich kann mich nun mal nicht an den Gedanken gewöhnen, daß sie's mit Kanaken halten, wo ich aber Weiße dazu hernehmen soll, möchte ich mal wissen?

Über tredition

Eigenes Buch veröffentlichen

tredition wurde 2006 in Hamburg gegründet und hat seither mehrere tausend Buchtitel veröffentlicht. Autoren veröffentlichen in wenigen leichten Schritten gedruckte Bücher, e-Books und audio-Books. tredition hat das Ziel, die beste und fairste Veröffentlichungsmöglichkeit für Autoren zu bieten.

tredition wurde mit der Erkenntnis gegründet, dass nur etwa jedes 200. bei Verlagen eingereichte Manuskript veröffentlicht wird. Dabei hat jedes Buch seinen Markt, also seine Leser. tredition sorgt dafür, dass für jedes Buch die Leserschaft auch erreicht wird.

Im einzigartigen Literatur-Netzwerk von tredition bieten zahlreiche Literatur-Partner (das sind Lektoren, Übersetzer, Hörbuchsprecher und Illustratoren) ihre Dienstleistung an, um Manuskripte zu verbessern oder die Vielfalt zu erhöhen. Autoren vereinbaren direkt mit den Literatur-Partnern die Konditionen ihrer Zusammenarbeit und partizipieren gemeinsam am Erfolg des Buches.

Das gesamte Verlagsprogramm von tredition ist bei allen stationären Buchhandlungen und Online-Buchhändlern wie z. B. Amazon erhältlich. e-Books stehen bei den führenden Online-Portalen (z. B. iBookstore von Apple oder Kindle von Amazon) zum Verkauf.

Einfach leicht ein Buch veröffentlichen: **www.tredition.de**

Eigene Buchreihe oder eigenen Verlag gründen

Seit 2009 bietet tredition sein Verlagskonzept auch als sogenanntes "White-Label" an. Das bedeutet, dass andere Unternehmen, Institutionen und Personen risikofrei und unkompliziert selbst zum Herausgeber von Büchern und Buchreihen unter eigener Marke werden können. tredition übernimmt dabei das komplette Herstellungs- und Distributionsrisiko.

Zahlreiche Zeitschriften-, Zeitungs- und Buchverlage, Universitäten, Forschungseinrichtungen u.v.m. nutzen diese Dienstleistung von tredition, um unter eigener Marke ohne Risiko Bücher zu verlegen.

Alle Informationen im Internet: **www.tredition.de/fuer-verlage**

tredition wurde mit mehreren Innovationspreisen ausgezeichnet, u. a. mit dem Webfuture Award und dem Innovationspreis der Buch Digitale.

tredition ist Mitglied im Börsenverein des Deutschen Buchhandels.

Dieses Werk elektronisch lesen

Dieses Werk ist Teil der Gutenberg-DE Edition DVD. Diese enthält das komplette Archiv des Projekt Gutenberg-DE. Die DVD ist im Internet erhältlich auf **http://gutenbergshop.abc.de**

Zeitfracht Medien GmbH
Ferdinand-Jühlke-Straße 7
99095 Erfurt, Deutschland
produktsicherheit@kolibri360.de